你喜歡的不是女兒
而是媽媽我!?
2
望 公太
nozomi kota
插畫／ぎうにう
giuniu
Kadokawa Fantastic Nov

contents

MAMA
SUKI!?
Musume janakute
Mama ga
sukinano
!?

M
M
A

你喜歡的不是女兒而是我（媽媽）!?

Musume janakute Mama ga sukinano!?

望 公太
nozomi kota
插畫／ぎうにう
giuniu

Kadokawa Fantastic Novels

序幕

♠

關於要如何邀請對方出去約會，我已經練習過不知多少回了。

幾十次、幾百次……或許已多達上千次也說不定。

歌枕綾子小姐。

住在隔壁的青梅竹馬——的母親。

收養在一場意外事故中失去雙親的少女，將其視為女兒撫養長大的女性。

我從十歲左右開始，便一直單戀那樣的她。

從十歲起的這十年來，始終如此——

在無法表達愛意、內心愁悶不已的這段歲月裡，我思考過許多追求她的方法。

邀請她出去約會的方式也是其中之一。

應該如何邀請心儀對象出去約會這件事，這十年來我一直都在練習。

不過，那與其說是練習，其實更接近妄想吧。

我以各種藉口、各種情境妄想過千百回——到頭來卻一次都沒有付諸實行。

甚至還想好也打好邀約的文字，但從來不曾按下傳送鍵。

「……唉。」

早晨，前往車站的路上。

在等待紅綠燈的時候，我單手拿著手機，深深嘆息。

手機螢幕上顯示的是訊息畫面。

對方是——綾子小姐。

已經傳送出去的訊息是：

「早安，綾子小姐。

真高興見到妳有精神的模樣，

我總算鬆了一口氣。」

這種感覺好制式化的問候語。

最近，我和她之前發生了許多事。

簡單來說就是……我告白了。

我告訴她，我喜歡她。

想要和她交往。

表明了我隱藏長達十年的心意。

結果，要怎麼說呢……總之就是掀起一場超狂亂的大騷動。

儘管表面上一切沒有太大的改變——然而，我想她的內心一定是波濤洶湧。

畢竟從十歲就認識的少年——向來只當成兒子看待的男人，突然對自己表達了愛意。

綾子小姐在聽了我的告白之後，模樣顯得十分驚慌。她整個人極度混亂又困惑，連我看了都替她感到擔心。

她好像絲毫沒有察覺我對她有好感。

我刻意隱藏的心意，完全沒有被她發現。

這讓我感到既開心又空虛，心情相當複雜。

但是。

我已經將自己懷抱十年的心意表達出去了。

既然她已經知道了──我們便再也回不去原本的關係。

無法再像從前那樣當普通的好鄰居。

我的朋友梨鄉聰也說過：「告白是破壞人際關係的炸彈。如果成功也就罷了，假使失敗，便等於是把對方無端捲入這場事故。」結果，事情果然如他所言的發生了。

自從告白以後，我和她的關係便──徹底改變。

簡直就像投下炸彈一般。

毫不留情地，將她牽扯進我自私的愛意之中。

我倆之間產生既尷尬又難為情的獨特緊張感，甚至漸漸將周遭其他人也捲進來……然後，我還一度被她狠狠地甩掉──可是。

後來發生了許多事，最後她給了我「暫且保留」的答覆。

她說，希望我給她一點時間整理好心情。

說難聽點，這樣的回答也許只是拖延時間，不想現在下結論的權宜之計。

但是我——非常開心。

開心到無法自己。

因為，這代表著我還能夠繼續喜歡她——

於是。

我在滿二十歲的五月，在電影院裡得到了「暫時維持現狀」的回答。

隔天早上，我一如往常地前往綾子小姐家，在和她道別之後，送出了前述那段像是問候語的文字。

對於能夠暫時解除關係破裂的危機，姑且回到接近平時的關係這件事，我想向她表達內心的安心與感謝。

可是。

「……嗯～～」

猶豫著要不要送出後續文字的我，停下了手指。

「綾子小姐，請問妳這個週末有事嗎？

如果有空，

我們要不要兩個人一起出去走走？」

文字本身是昨晚就已經想好了。

現在只要貼上事先存好的文字，然後傳送出去就好——然而我卻按不下最後的傳送鍵。

怎、怎麼辦……？

這麼做果然會令她感到困擾吧？

會不會突然一下子衝太快了？

因為……我明明昨天才說「我之前確實有點太急躁了。我們就稍微慢慢來吧」……現在卻突然約她出去，這樣好像有點犯規——不對！

會不會就是因為這樣……現在反而是進攻的好時機呢？

既然我在宣布「慢慢來」的同時，也說「我會繼續努力讓妳喜歡上我」，那麼會不會立刻就接連發動攻勢反而比較好呢？等一下，可是，但是……這麼做還是——

「——巧哥，你在和媽媽聯絡嗎？」

「唔喔！」

燈號變了之後，我依舊不時偷看手機，獨自苦惱著要不要按下傳送鍵。結果這時，一旁傳來說話聲。

我急忙藏起手機。

歌枕美羽。

我所仰慕的女性——的獨生女。

儘管她們並沒有直接的血緣關係，她卻是綾子小姐最疼愛的寶貝女兒。

至於她和我的關係……姑且算是青梅竹馬吧。

美羽升上高中之後，因為到車站為止都和我同路，所以我們每天都會一起走到車站。

「什、什麼嘛，美羽，不要隨便偷窺別人的手機啦。」

「我們明明一起走，應該是一直看手機的你不對吧？話說，我剛才看到『兩個人一起出去』……你該不會正在邀媽媽去約會吧？」

看樣子，訊息內容都被她看光光了。

美羽露出滿臉喜色，朝我逼近。

「哎喲～你不錯嘛。攻勢這麼猛烈，好積極喔～」

「……不要調侃我啦。再說，我又還沒傳送出去。」

「咦？為什麼？你為什麼不傳給她？」

「還問為什麼……因為我有很多事情要考慮啦。」

「嗄？什麼嘛，原來你這麼沒膽。」

「什麼沒膽……我告訴妳，大人的戀愛是會運用各種策略的。」

「跟父母同住的大學生，有資格談什麼大人的戀愛嗎？」

「唔……」

「而且話說回來，巧哥你不是沒有戀愛經驗嗎？你沒有女友的經歷＝年齡的二十歲對吧？」

「唔、唔唔……」

我是被女高中生批評得體無完膚的大學生。

「好啦、好啦，你不用那麼沮喪。我知道你的戀愛經驗之所以是零，是因為一直迷戀媽媽的關係……況且，我家媽媽就算說好聽點，也算不上懂得何謂大人的戀愛。」

說完不曉得究竟是不是在安慰我的話之後……

「總之──如果要約她，勸你快一點比較好喔。」

美羽斬釘截鐵地這麼說。

「都是因為媽媽說了那種麻煩的話，害你們兩人現在拖拖拉拉地處於不上不下的狀態，所以也只能由巧哥你主動猛烈進攻啦。」

「話、話是這麼說沒錯……可是，再怎麼樣還是得顧慮一下對方的心情。畢竟拒絕這種邀約，也會對對方造成心理上的壓力。還有，綾子小姐的個性那麼善良，我想她即使心裡不願意，依舊有可能會為了我勉強答應……當、當然，我也知道自己必須積極進攻才行，然而正因為如此，我才想謹慎地挑選出適當的時機——」

「……啊～真是急死人了！」

一臉煩悶地大喊之後，美羽向前探身，企圖搶走我的手機。

「手機給我！既然巧哥不動手，我就幫你把訊息傳出去！」

「什麼……！笨、笨蛋，快住手！」

「磨磨蹭蹭地煩惱一堆只會浪費時間！猛攻才是唯一途徑！我家媽媽很好追的，不需要什麼策略啦！」

「妳……不要那樣說自己的母親啦。」

「巧哥，你只要快點安排過夜的約會，然後推倒她就行了！這麼一來，一切就能成功搞定！」

「什麼搞定的！女高中生不要在公共場合說那種話！」

手機爭奪戰持續數秒之後。

「……嗯？」

美羽瞇起雙眼，發出疑問聲。

「巧哥，那個——是不是已經傳送出去了啊？」

「咦？……什麼？」

我確認畫面，然後愣住了。

只差按下傳送鍵這一步的訊息——不知為何已經傳送完畢了。

「不、不會吧……？發生什麼事了……？」

「大概是你剛才藏手機時，不小心誤按了吧。」

「真的假的……」

「哎呀～不過就結果而言，這是件好事呢。」

「一點都不好……這、這下我該怎麼辦啊……」

不慎傳送出去的訊息——已經顯示已讀了。

既然都顯示已讀了，如今已是無計可施。

綾子小姐已經讀過這則訊息。

讀過我的約會邀請——

「慘了……這下真的慘了。」

「真是的，你在慌張什麼啦？」

見到我極度不安，甚至開始渾身冒汗的模樣，美羽傻眼地問道：

「反正你本來就打算有一天要約她，現在也只是提早發生而已，不是嗎？」

「……才怪，才不是那樣。就算要邀約，也得先做好心理準備啊。再說，我根本還沒有思考到約會計畫這方面——」

就在這時。

我手中的手機震動了。

手機畫面中——顯示出來自綾子小姐的回應。

「可以啊。」

就只有這樣。

非常簡潔乾脆，表示肯定的三個字。

可以啊？

奇怪？「可以啊」這三個字是什麼意思？

我記得……在這個國家裡，好像是用來表示肯定的語詞——

「瞧，就跟你說很好追吧？」

對著錯愕到思緒停滯的我，美羽一臉得意地說。

陰錯陽差下傳送出去的訊息——多虧如此，輕易到讓我不禁懷疑自己之前究竟在煩惱什麼，我就這麼邀約成功了。

看來，我這個週末似乎可以和綾子小姐約會。

與愛慕十年的對象的，初次約會——

第一章
準備與實戰

♠

中午，大學的學生餐廳——

「初次約會啊。這下你可得拿出幹勁喔，巧。」

聽我說完今天早上發生的那件事，坐在對面的聽也在漂亮的臉蛋上露出淺笑，如此說道。

梨鄉聽也。

性別——男。

今天的裝扮雖然時髦，卻是一般正常的男性穿著。他平時只會在校外扮女裝，在校內都是以看得出來是男性的裝扮來上學。原因是如果扮女裝來學校，結果在課堂點名時遭懷疑找人冒充就麻煩了。

不過嘛，他本人不太喜歡「扮女裝」這樣的說法。

「我不是扮女裝，我只是挑選適合自己的服裝穿上而已」，他本人是這麼表示的。

不受男人就該如何、女人就該如何的固有觀念束縛，隨意穿上自己喜歡的衣服，隨心所欲地享受化妝、美甲的樂趣。他似乎以這種中性的時尚風格作為信條。

聽也雖然一做女性打扮，看起來就活脫脫是個苗條美少女，但他並不喜歡男生。

他的戀愛對象是女性，而且現在也有女朋友。

「感覺這次約會，將成為你能否擄獲綾子小姐芳心的重要關鍵呢。說不定，這還會成為你人生的重大分岔路。」

「……不要在那邊搧風點火，說得好像事不關己一樣。」

「這的確不關我的事啊。這個世上，沒有什麼比別人的戀愛八卦更有趣了。只要不過分涉入，就是最精采有趣的節目戲碼。」

聽到聽也口氣一派輕鬆，我不禁深深嘆氣。

自從得知我對綾子小姐的心意之後，他的態度始終都是如此。

抱著不正經的好玩心態。

像在看戲似的觀賞我的感情路。

他那種輕浮又縹渺不定的態度……這個嘛，我是沒有不滿啦。應該說，要是他過度熱心、認真地替我加油，我反而會覺得困擾。

畢竟，我的感情路終究是我自己在走的。

再說，他雖然看起來像在開玩笑，但只要我向他尋求建議，他都會認真回答我；前陣子我因為被甩而心情沮喪時，他也找我去看電影，試圖讓我打起精神。所以，他無疑是一位善良又可靠的朋友。

「……我當然知道必須拿出幹勁啦。」

我像在告誡自己似的說。

「這可是突然從天而降的大好機會，沒道理不好好地利用。所以，我現在才會來找你商量啊。」

「就算你說要找我商量，可是坦白說……我沒什麼自信耶？」

聰也舉起雙手，擺出投降姿勢。

「如你所見，我是長相俊俏的帥哥，理所當然至今一直都很受歡迎——然而，我只有和同年代的女生交往過。和超過三十歲的女性約會，這種事情我沒有經驗，也不曾有過那種念頭。」

「……這樣啊。」

「如果是大學生式的約會，要多少點子我都可以提供，然而說起能夠讓成熟女性開心的約會……既然是大人之間的約會……在這種情況下，假使沒車就沒什麼好談了。」

「…………說的也是喔。」

我沮喪地垂下頭。

東北的地方都市。

在這個地區，不是一戶一台車，一人一台車才是常態。

和可以搭乘電車或計程車去任何地方的大都市不同，在這一帶，開車是基本的交通方式。

出社會之後，擁有一台車是理所當然的事情。

話雖如此——大學裡也已經有人有車了。

然後那種人很受歡迎。

大學生光是有車，就會變得相當搶手。

不過嘛……只要走錯一步，就會不幸淪為社團裡幫忙載東西&載人的工具人。

「巧，我記得你好像有駕照？」

「有啊，我是去年暑假參加合宿考到的。所以……我有在考慮當天要不要去租車。」

「租車啊，我個人是覺得沒必要做到那種程度……唔嗯，不知道耶。我看，我也去找其他女生商量一下好了。」

「抱歉啊，謝謝你的幫忙。」

「不用謝啦，我平時受你那麼多照顧，而且去年要是沒有你，我不曉得會被當掉幾個學分。再說……」

「再說？」

「我也希望你能夠幸福。」

聽也面帶微笑說道：

「別人的戀愛八卦是最精采有趣的節目戲碼——既然如此，我當然希望這齣戲能夠迎來快樂結局啦。」

「聽也……」

真是的，居然說出這麼令人開心的話。

身邊有如此可靠的朋友，我真是太幸福了。

「謝啦，我也會盡全力加油的。」

「嗯。啊……不過，巧，這話雖然和我剛才那番話相反——但是太有幹勁也不好喔。」

聽也真的說了和剛才相反的話。

「和長年愛慕的人約會……我懂你現在一定高興得飄飄然，也知道你正承受著非成功不可的壓力。可是，得失心太重感覺也不是件好事，而且綾子小姐也會因為你的那種態度，覺得跟你在一起很累，所以我認為你只要放輕鬆就好了。」

「…………」

我明白。

沒有什麼比拚命到失去沉著的男人更難堪的了。

聽也說的話一點都沒錯——可是。

「我知道啦……可是，叫我放輕鬆實在是太強人所難了。」

「…………」

「我可是……好不容易才有今天喔？一直以來不停地祈禱，才好不容易獲得能夠和綾子小姐約會的關係……能夠讓她——把我當成一個男人看待。」

這十年來。

我一次又一次地妄想，持續不斷地盼望著。

希望獲得能夠和綾子小姐一起出去約會的關係。

雖然她把我當成兒子或弟弟一般疼愛的關係確實很幸福——可是與此同時，卻也令我不禁感到空虛。

每當她不帶羞澀和誇耀地撫摸我的頭、對我微笑，總讓我心如刀割。

我們還沒有確定可以交往。但是，比起她只把我當成兒子看待的時候，現在已經稍微有進展了。

忍不住高興得飛上天。

忍不住有了得失心。

「這次約會……我一定要成功。」

我如此宣誓。

與綾子小姐的初次約會。

不容許失敗。

若是不成功——便枉為男人。

♥

「我回來了～」

傍晚時分。從學校回來的美羽，來到正在廚房準備晚餐的我身旁。

應該說果不其然嗎？

她踩著雀躍的步伐。

露出超級不懷好意的表情。

「媽媽，我聽說了喔。聽說妳這個週末要和巧哥去約會。」

「……！」

唔唔～～……她、她果然知道了。

今天早上回訊息時，我就有想到「這個時候回覆，阿巧和美羽說不定還在一起」。

可是，我還是想儘早回覆。

因為既然都不小心已讀了，太慢回覆也不好意思——況且。

時間拖得愈久，感覺就會愈難回覆。

所以，我想要在自己考慮太多、猶豫太多，變得不知如何是好之前，一鼓作氣地送出訊息。

「既然都要單獨去約會了，看來你們交往也已經進入讀秒階段了。」

「妳、妳在胡說什麼啊。那、那是……兩碼子事啦。」

「咦？妳怎麼現在還說那種話？」

「因為……約、約會這種事情，就算不是情侶也會做啊。既然他都開口邀約了，我也不好意思拒絕……再說，這個週末我的行程剛好是空的！沒錯，我很閒！最主要的原因是我閒閒沒事做！」

「唉……妳又說那種麻煩的話。」

美羽對著滔滔不絕的我，一臉無言地聳聳肩。

「話說回來，媽媽啊……『可以啊』是什麼意思？人家邀妳去約會，妳居然只回『可以啊』這三個字。」

「呃……妳、妳怎麼連這個都知道？」

「妳回訊息時，我正好在看巧哥的手機啦，所以妳的回覆我看得一清二楚。」

「怎麼這樣……」

「感覺好可愛喔～一眼就看得出來，妳是因為不想被人發現妳心生動搖，才故意裝得很冷淡的樣子。妳因為太刻意表現得『我很習慣這種事情』，結果反而洩漏出妳的經驗不足了。」

「～～～～！」

被、被發現了！

我的思考迴路完全被女兒識破了！

啊啊，真是的，這究竟是什麼情況……？我居然在這方面的話題被女兒看穿內心……實在太丟臉了！

「夠、夠了，美羽，不要再嘲弄大人了。」

我壓抑住羞恥感，盡力擺出母親的姿態。

「不是的……嗯，沒錯，事情完全不是妳所想的那樣。『可以啊』那三個字裡，其實隱藏著女高中生所不明白的深沉含意。沒錯，是只有品嘗過人生的酸甜滋味的成熟女性，才懂得的高明策略──」

「巧哥和媽媽要去約會了啊～」

……沒在聽。

吶,聽我說啦,媽媽正在拚命地解釋耶。

居然充耳不聞。

美羽……妳好過分。媽媽都快哭出來了啦。

「假使約會過程一切順利,妳們兩人的關係說不定會有飛躍性的進展呢。啊!妳那天不回家也沒關係喔,非常歡迎妳外宿♥」

「妳、妳在說什麼啦!我才不會外宿哩,我會回家。」

「咦?……這麼說來,你們約會完之後會在這個家……!那、那我還是去朋友家過夜好了……」

「妳到底在顧慮什麼啊?」

「哎呀……雖然我很支持你們的戀情,也早有心理準備等你們在一起之後,這個家裡遲早會開始發生那種事……不過這麼突然,還是讓人有點措手不及。」

「我就問妳到底在顧慮什麼啊!我不會外宿,也不會和他一起回來這個家!我們……我們的約會……很、很健康啦。」

「健康……具體而言是什麼意思?」

「就是，要怎麼說呢……例如一起吃午餐、聊聊天……然後在晚餐之前回家這樣。」

「什麼啊，你們是國中生在約會嗎？」

「沒、沒關係！一開始這樣就好！」

我們展開了激烈的爭論。

美羽依舊是滿臉錯愕。

「話說回來……決定約會行程的人不是媽媽，應該是提出邀約的巧哥吧？他有跟妳說什麼嗎？」

「……還沒有。他只有說，等決定了會再跟我聯絡。」

阿巧現在好像正在思考行程，我則是處於等待聯繫的狀態……怎、怎麼辦？要是他強行安排了過夜約會，我該如何是好？

還是說……其實他已經訂好旅館了！

假使他預訂了溫泉旅館，結果因為對方的疏失，誤以為我倆是夫妻，只準備了一個房間給我們，還把被子鋪在非常靠近的位置，然後一開始兩人還各自窩在角落睡覺，之後卻上演彼此愈靠愈近這種愛情喜劇常見的劇情——

不對。

不可能、不可能。嗯，不可能。

真是的，我在妄想什麼啊。

即使是妄想也太超過了。

那種事情根本不可能發生。

因為約我的人——是那個阿巧。

「……既然對方是阿巧，我想他絕對不會提出那麼奇怪的約會計畫。他一定會為我和美羽著想——啊。」

「……喔～」

正當我一個人像在確認似的嘟噥時，只見美羽帶著滿意的表情揚起嘴角。

「看樣子妳非常信任巧哥呢。」

「不、不是的，我不是那個意思……」

「妳趕快跟他交往就好了啊。」

「……啊～啊～吵死了吵死了！」

發現自己不管說什麼都講不贏她，我趕緊逃也似的中止對話。

「啊哈哈。不過說實在的，我真的好期待喔。不曉得這次約會，媽媽會如何被巧哥攻陷。」

美羽神情愉悅地這麼說。

攻陷。

這個詞說不定用得相當精準。

這次約會——我就像是去被攻陷的。

被比我小超過十歲，說喜歡我這種大嬸的古怪男孩攻陷。

阿巧。

左澤巧。

儘管我從小就認識這個男孩，卻完全沒有發現，他居然早從十年前就一直單戀我。

我、他和美羽，我們三人一起玩過好多次，我也曾經和阿巧單獨去買過東西

——可是，這麼正式地兩人單獨外出，理所當然還是頭一遭。

這便是我和他的初次約會。

『喔，妳和那位傳說中的男孩子這個週末要去約會啊。這可真是令人羨慕呢。』

電話另一頭，狼森小姐的語氣十分愉悅。

吃完晚餐，美羽回到自己位於二樓的房間之後——

我本來是為了確認工作事項才和狼森小姐通電話……結果卻在不知不覺間變成談論我的戀愛故事了。

感覺最近老是這個樣子……

『之前通電話時，我說話稍微狠了一點，所以一直很好奇妳們後來怎麼樣了……不過看來妳們的關係進展得相當順利，真是太好了。』

「……呃，是啊。」

雖然其實發生了一些糾紛。

雖然其實引起了大騷動。

不過如果單單只看結果，說是「關係進展順利」或許倒也沒錯。

『哎呀呀，真的是……實在是太令人羨慕了。我最近好缺男人，整個人都快無聊死了，我也好想和二十歲的大學生約會喔。』

「請妳別再虧我了……我也是很辛苦的。」

『嗯？有什麼好辛苦的？不是只要開開心心地去約會就好了嗎？』

「話是這麼說沒錯……可是，我……我不習慣這種事情，總覺得好難為情。」

『這樣啊……也對，因為歌枕妳是未婚的單親媽媽嘛。自從妳收養美羽以來，就不曾和誰交往，將心力完全投注在工作和育兒上。』

「……就、就是這樣。那個……狼森小姐，受人邀約之後……女、女生應該怎麼做才好？」

我抱著一線希望，詢問戀愛經驗豐富的她。

向過去因為自己外遇而離過三次婚的女性請教也許是一個錯誤，但她對於談戀愛這件事總比我要清楚多了。

『啊哈哈，沒什麼好煩惱的啦。』

彷彿不把快被緊張與不安壓垮的我當一回事似的，狼森小姐哈哈笑道：

『如果是妳要設法擄獲喜歡的男人，或許就有必要謹慎地擬定作戰計畫——可是這次明明相反啊。』

「相反……」

『立場相反。這是對妳喜歡得不得了的男孩子，為了攻陷、籠絡名為歌枕綾子的女人而安排的約會。』

「唔……唔、唔唔……」

如此直言不諱的發言，讓我害羞到了極點。

這是對我喜歡得不得了的男人，為了擄獲我而安排的約會——我雖然早就知道這一點，可是聽到這些話還是會害臊到不行。

『歌枕，妳什麼都不必煩惱。傷腦筋是對方的工作，妳只要穩穩地坐等對方來接送就行了。』

「……」

『戀愛的主導權隨時都掌握在妳手中。若是換個角度思考，這可是最快活的狀況喔。什麼話都不用說，對方就會主動展開猛烈攻勢，至於要交往與否全由自己決定。這種將年輕男子對自己獻上的青澀情意，放在自己股掌間翻轉玩弄般的情境，就某方面而言，可是許多女性夢寐以求的呢。』

「……要是我能夠那麼想就好了。」

看在旁人眼裡，這樣的情境或許令人羨慕。

我這個年過三十的單親媽媽，受到了年輕男子的追求。

而且還不只是隨便玩玩、一時衝動——而是獻上了過於真摯、純粹的初戀愛意。

要求以結婚為前提，和我認真地交往。

『唔嗯。也是啦，歌枕妳這個人這麼認真，握有主導權反而會讓妳煩惱太多。就像新手拿到不好使用的王牌，反倒會慌了手腳，不知如何好好運用。』

「…………」

『如果用日式麻將做比喻，大概就是新手好不容易只差一張牌就門清了，卻一頭霧水不知道要聽什麼牌這樣的情況吧。』

「……就算妳用日式麻將做比喻也沒用啊。」

雖然我知道規則，所以明白她想表達什麼就是了。

門清是──「門前清一色」這種胡牌的簡稱。

這種牌必須將所有手牌都湊成相同花色，是得分非常高的牌型。但是門清──要聽的牌往往非常複雜，如果是新手，肯定會一團混亂不知道怎麼胡牌。

不僅浪費了一手好牌，內心也不知所措。

儘管對進階者而言是大好機會，然而對於新手來說，即便是難得的機會也只會造成混亂。

這無疑──正是我現在的處境。

明明身處再好不過的有利狀況……卻因為太有利了，反而不曉得自己該做什麼。

『要不然，試著拒絕一次邀約也是一個方法。為了更明確地掌握住主導權，讓對方著急來試探他的反應似乎也不壞。』

「不、不行啦，那種像在耍心機的事情我做不出來。」

「況且……」我接著說。

「我不想——再逃避下去了。」

被阿巧告白之後，我——在無意識間，反覆做出一堆逃避的行為。

一下當作沒聽到他的告白，一下試圖讓對方討厭自己，然後主動離去。

我一直很窩囊地逃避現實。

可是。

我已經決定不再逃避了。

無論以後我們會變得如何——無論我們會不會交往。

我都要誠實地面對他、正面接受他的心意，然後做出決斷。

我想，這是……我對喜歡了我長達十年的他，應盡的最低限度的義務和禮貌。

「……因為現在要求他讓我暫且不對告白做出答覆的這個情況，就已經一半像是在逃避了。我知道自己這麼做很狡猾，所以……我不想再做出玩弄他心意的行為，想要好好地面對他的心意，不再閃躲。」

『……呵呵！啊哈哈！』

沉默片刻後，狼森小姐噗哧笑了出來。

『不錯耶，原來妳開始會說這種乳臭未乾的話了。這樣才是我最喜歡的歌枕綾子嘛。』

「……妳這是在稱讚我嗎？」

『那當然。比起刻意耍帥裝成熟，這樣才像是妳的作風呀。』

語氣愉悅地說完之後。

『既然妳不想要狡猾的小心機，那麼關於這次約會，我所能給妳的建議就只有一個。』

狼森小姐接著說。

『好好地享受吧。』

這個建議——還真是簡單到令人吃驚。

『難得約會，妳就別想太多，盡情地去享受吧。只要抱著二十多歲……不對，是重返十多歲小女孩年紀的心情，盡情地品嘗青春就好。』

「…………」

『他一定也是這麼希望的。』

「……說的也是。」

我點點頭，輕吐一口氣。

「我明白了。我會不去想太多，好好地享受這次的約會。」

『這樣比較好。不過話說回來——我的這番建議或許也是多餘的。』

這時，狼森小姐的口吻忽然變得促狹起來。

『雖然妳淨說些循規蹈矩的話……不過歌枕啊，妳的言行舉止在在都透露著……妳其實開心到都飄飄然了喔。』

「什麼！」

『哎呀，沒什麼好害羞的。受邀約會這種事情，本來就是不管長到幾歲，都會讓人既開心又興奮啊。』

「真、真是的，狼森小姐！」

『哈哈哈，別害臊、別害臊。那麼，就祝妳約會順利了。』

在一陣挖苦的笑聲中，她單方面地切斷了通話。

我抱著手機，無力地趴在桌上。

「……嗚、嗚嗚～什麼嘛，真是的……居然到了最後還隨便亂說。」

整張臉發熱，思考迴路一團混亂。

然後，口中不由自主地冒出像是不服輸的話。

「可是……有什麼辦法嘛，人家就是很期待啊。」

將內心想法化為言語的瞬間……猛烈的羞恥感襲來。

期待。

沒錯，就是這樣。

儘管東扯西扯地講了一大堆——我想，我確實是期待的。

期待與阿巧的初次約會。

雖然心裡也相當地不安而緊張……但同時也充滿著期待感。

什麼義務、禮貌，還有「不想再逃避下去」，儘管我說了那麼多漂亮話——到頭來，我想我還是很期待這次的約會。

一下為了阿巧不知會提出什麼樣的約會計畫而雀躍，一下又自己擅自妄想出各式各樣的情境，心跳不已——

「～～～～！」

啊啊，真受不了！

我好討厭自己！

我明明都超過三十歲了。

已經是世人眼中的大嬸了。

然而——卻還是會為了一個約會動搖不安、驚慌失措，而且……整個人飄飄然的。

那樣的自己，簡直令我羞到無地自容。

那天晚上——

和美羽用完晚餐後，阿巧傳來了訊息。

告知我這個週末的約會事宜。

說明大致的目的地，以及約定見面的時間。

我當然沒有異議，回覆說我明白了。

真是幸好他不是打電話來。

如果是通電話，既緊張又期待的我應該會聲音發抖吧。

然後——阿巧想必也是一樣。對於初次約會，他內心的緊張與期待說不定更勝於我。

就在我倆各自千頭萬緒的同時，唯獨時間淡淡地流逝——

約好的週末終於要來了。

我們兩人值得紀念的初次約會即將展開——原本應該是如此的。

然而，我和他的約會卻迎來了意想不到的結局。

不對。

應該說是意想不到的結局，還是意想不到的開始呢？

「今天玩得好開心喔，綾子小姐。」

「是啊，真的很開心呢，阿巧。」

一整天跑完所有約會地點，也用完晚餐之後，我們並肩走在有著美麗夜景的沿海道路上。

一面欣賞滿天星斗閃爍的夜景，一面像是沉浸在今天約會的餘韻中，悠哉地緩步慢行。

「不過，阿巧……你請我去感覺那麼昂貴的餐廳吃飯，這樣真的好嗎？這樣實在太不好意思了，我還是出自己的那一份吧。」

「沒關係啦，請不要放在心上。反正我平常都住家裡，根本沒地方花打工的薪水……再說，只要綾子小姐開心，沒有比這更值得的花錢方式了。」

「啥……阿、阿巧你真是的。」

我害羞地低下頭。啊啊，好像作夢一樣……沒想到，我居然能和阿巧一起享受如此成熟的約會——

之後，我們沉默地走了一段路——下個瞬間。

我的手指碰到了某樣東西。

不用想也知道。

是走在旁邊的阿巧，若無其事地勾住我的手指。

自然，而且十分巧妙地——

「咦？啊……」

「對不起，我一時情不自禁。」

「什麼情、情不自禁……」

「妳如果不喜歡，我馬上放開。」

「咦咦……？我、我是……不討厭啦……唔唔……」

好狡猾。這種問法太奸詐了。

在無法肯定也無法否定的情況下，我倆就這麼慢慢地牽起了手。比我大上一圈，粗糙而充滿男人味的手。光是十指交纏在一起，我的心臟就撲通撲通地狂跳。

嗚嗚，不行。

我緊張到腦袋都快變得不正常了。

這個氣氛好不妙。

要怎麼說呢……氣氛未免太好了！

約會結束，有著美麗夜景的沿海道路，以及行動略顯積極的阿巧……我感覺自己就快被美好的氣氛給沖昏頭——

「……差、差不多該回去了！」

為了轉換氣氛，我這麼說完便火速鬆手。

「時間已經很晚了，而且美羽應該也正在等我……」

就在我狂找藉口，稍微加快腳步時——

忽然間。

我從背後——被人環抱。

修長的手臂將我纏繞，緊緊地圍繞住全身。

「咦、咦……什麼？」

事發突然，我嚇得陷入恐慌——而他在我耳邊低喃。

用緊張到有些顫抖。

卻溫柔得無可救藥的聲音。

「如果我說不想回家……妳會怎麼做？」

「～～！」

腦袋過熱，好像快要融化了。

滿天星斗，夜晚的大海。

以及——戀人未滿的男女。

彷彿隨時都會流瀉出充滿情調的流行背景音樂。

「……不、不行，不行啦，阿巧……我雖然沒有……深愛的丈夫，但我有深

愛的女兒……呃，雖然我女兒是很支持我們的關係……不、不過，我今天的內衣褲……好吧，老實說，其實我有特地挑過……可、可是等一下！我、我並不是那種第一次約會，就會什麼都做完的隨便女人──」

「──媽媽，妳在做什麼啊？」

女兒的聲音令我驚醒。

有著美麗夜景的沿海道路──並不存在，現在是早晨，而我人在床上。

美羽用打從心底不可置信的眼神，看著似乎是在睡夢中用棉被裹住自己，在床上滾來滾去的我。

「咦……美、美羽？」

「早啊，媽媽。」

「早、早安……咦？妳怎麼會在這裡……？」

「因為妳一直不起床，我才來叫妳。真是的，拜託妳振作一點好嗎？今天可是期待已久、妳和巧哥約會的日子耶。」

沒錯，正是如此。

今天是——我和阿巧約會的日子。

所以昨天晚上，我緊張擔心到完全睡不著……結果今天早上就整個睡過頭了。

拿起手機確認時間，現在是早上八點多。

因為我們是約十點半碰面，所以應該是趕得上約會的時間沒問題，不過身為一名主婦，這個時間才起床實在太丟臉了。

「妳剛才一邊說著『不行啦，阿巧』的夢話，一邊在床上扭來扭去……媽媽，妳到底作了什麼夢啊？」

「！沒、沒什麼！什麼事都沒有！那只是非常普通的夢！」

被女兒用傻眼至極的表情質問，我只能硬是敷衍過去。

嗚嗚～～！

我、我作的那是什麼夢啊！

就算今天是約會的日子……我怎麼會作出那種少女心滿滿、妄想全開的夢呢！

而且。

該怎麼說……好老派的妄想！

好像以前流行的偶像劇！

如果是壁咚或抬下巴也就罷了，居然是從背後擁抱……！

洩、洩漏年齡了啦！

我做出了十幾二十歲的年輕人不懂的妄想！

洋溢著滿滿的昭和感！

「算了，總之妳加油吧。」

美羽一派輕鬆地對抱頭懊惱的我說。

「妳不用在意我，就算外宿也完全ＯＫ～」

「啥……我、我之前就說過，我不會外宿——竟然又沒在聽……」

也不把我的反駁聽完，美羽自顧自地離開房間。

「……唉。」

我深深地嘆息。

才剛起床就發生這麼多事，我感覺自己已經累了。唉，好擔心，我這樣真的有辦法撐過今天的約會嗎……？

儘管一早就快被不安給擊垮，我還是姑且下了床，用手梳整亂翹的頭髮。

正當我準備把睡衣換掉的──這個時候。

放在枕頭旁的手機響起來電鈴聲。

我看了一下螢幕，不禁大驚。

打電話來的人──不是阿巧，而是他的母親。

左澤朋美小姐。

「喂、喂？」

『喂？綾子小姐？』

「我是。早安，朋美小姐。」

『早安。不好意思喔，這麼早打給妳。』

「不會，沒關係……發生什麼事了嗎？」

『呃……這個嘛，該怎麼說好呢？』

朋美小姐一副很難啟齒地說。

『綾子小姐，今天……妳和我家的巧約好要出去對吧？』

「呃……是、是的。」

因為覺得否認也怪怪的，我只好老實回答。嗚嗚，好丟臉。聽到對方的母親提起約會的事情，實在教人太難為情了！

朋美小姐對忐忑不安的我接著說。

『關於這件事——可以請妳當作沒這回事嗎？』

「…………」

彷彿被人淋了一桶冷水似的，熱度一口氣退去。羞恥感消失，心的溫度逐漸下降。一瞬間，各種思緒在徹底冷靜的腦袋中翻騰。

啊啊——

這樣啊，說的也是，這是理所當然的嘛。

我到底在誤會什麼？

到底在飄飄然什麼？

對方的父母不可能樂見自己的兒子和我這種大嬸交往。雖然她之前曾經表示「同意」——可是在緊要關頭改變想法，也不是什麼奇怪的事情。

我和他的交往會遭到反對是很正常的——

「……我明白了。對不起，照理說，我應該從一開始就明確地回絕。給各位添了這麼大的麻煩，實在非常抱歉。」

『咦？綾子小姐，妳在說什麼啊？』

聽到我開口致歉，朋美小姐的語氣顯得相當困惑。

『應該是我們給妳添麻煩才對，真的是很不好意思耶。』

「咦？」

奇怪？這種雞同鴨講的感覺是怎麼回事？

『枉費妳都特地把時間空下來了，那孩子真的是……』

「呃……請問，阿巧他怎麼了嗎？」

朋美小姐回答我的疑問。

『那孩子發燒臥病在床啦。』

「…………」

我錯愕到好一會都說不出話來。

於是我們的初次約會，迎來了「因身體不適而取消」這樣出乎意料的結局。

第二章
房間與照護

♥

「什麼～～？巧哥發燒臥病在床？」

和朋美小姐講完電話之後，我來到客廳告訴美羽今天的約會取消了，結果她突然就開始怪聲嚷嚷。

「唔～哇～好扯，真的是太扯了！」

她整個人倒在沙發上，仰天長嘆。

「巧哥到底在搞什麼啊……？這可是他人生中最關鍵的時刻，怎麼會在這種時候發燒啦！啊啊，該怎麼說他這個人……有夠遜的。」

「美羽，妳說得太過分了。人家阿巧身體不舒服，也不是他自願的啊。」

「我知道啦……可是遜就是遜。尤其透過自己的媽媽通知取消，更是遜到極點了。巧哥都已經二十歲了耶？又不是在向學校請假。」

「這……有什麼辦法呢？因為阿巧他好像原本硬拖著身體也想踏出家門，朋美小姐只好強行將他擋下……」

根據朋美小姐的說法。

阿巧好像昨晚就已經很不舒服了。

到了今天早上，病情又更加惡化。

儘管都陷入發高燒、連路也走不好的狀態了，阿巧還是為了赴約，強打精神梳洗整裝。

可是，因為他看起來就不是能夠外出的樣子，於是朋美小姐極力說服他。

她強行將兒子關在房裡，然後打電話給我。

「……和朋美小姐通完電話後，阿巧也傳訊息給我了。他不停地道歉，害我都覺得不好意思了……」

「他當然只能道歉啦。唉唉，真的是，事情怎麼會變成這樣？巧哥真是不走運啊……」

「……所以說，美羽，妳今天有事嗎？」

「嗯？為何這麼問？」

「其實，朋美小姐從今天中午開始就有事不在家，可是家裡只剩阿巧一個人，這樣實在讓人不太放心。所以，我希望妳能去探望他，幫我看看他的情況如何。」

「咦～不行不行，我跟朋友約好要出去玩了。」

「是嗎……？傷腦筋耶，這下該怎麼辦呢……」

「媽媽妳去不就好了？」

美羽這麼說。

一副理所當然的口氣。

「咦……我、我嗎？」

「媽媽，妳應該有空吧？因為妳今天本來打算要去約會。」

「我的確是有空啦……」

確實，照理來說，由我去探望是最自然且合理的。

因為我今天本來就為了約會，空出了一整天的時間，既然現在約會取消了，自然也就無事可做。

可是——等一下。

我去探望阿巧？

到沒有別人的他家——

「呃……可、可是，這樣……不會有點那個嗎？」

「那個是哪個？」

「就是那個啊……因為，要怎麼說……妳應該懂吧？」

「……妳在扭扭捏捏地害羞什麼啊？」

「我、我才沒有在扭扭捏捏地害羞！」

我大聲反駁。

美羽起初一臉狐疑，然而臉上隨即浮現恍然大悟的笑容。

「哈哈～原來如此。去探望巧哥、和他在房間裡面獨處，讓妳覺得很不好意思是嗎？」

「唔唔……」

遭人一針見血地說中心聲，我只能仰天無語。

「真受不了……媽媽妳到底在想什麼啊？妳放心，不會發生什麼奇怪的事情啦。況且巧哥也不是那種都發燒了還會變成大野狼的人。」

「不、不是的！我才沒有那麼想……」

儘管我極力否認，話卻接不下去了。

因為——美羽說的沒錯。

當然，我並不覺得和阿巧兩人在房間獨處，會發生什麼成人的事情——可是，我就是覺得難為情極了。

在空無一人的房子裡，單獨相處——

光是想像那樣的情境，我的臉就燙到不敢置信的程度，心情也變得苦悶糾結。

「再說，妳之前都去過巧哥的房間好幾次了，現在有什麼好害羞的呢？像是來接去他房間玩的我，結果連妳也加入，我們三人一起玩遊戲之類的，類似的事情不是發生過很多次嗎？」

「話是這麼說沒錯……」

確實如此。

我去過阿巧的房間好幾次。

曾經和美羽、阿巧，三人一起玩遊戲——也曾經為了籌備給美羽的祕密驚喜禮物，在阿巧的房間構思計畫。

從前是如此地稀鬆平常。

即使和阿巧在房間獨處，我也從來不覺得怎麼樣。

可是——現在已經做不到了。

無法不去在意。

自從那場告白之後——自從得知他隱藏許久的心意之後，阿巧在我心中的分量就變得大到令人不敢相信。

我不由得過分在意起和他之間的一切。

然後，對過分在意的自己感到羞恥、厭惡……不知不覺形成了無可救藥的惡性循環……！

「我說媽媽啊，妳對巧哥的在意程度，多到連我都覺得不好意思了呢。」

「……啊～吵死了、吵死了。不可以嘲弄媽媽。」

「好啦，其實我也懂妳那種尷尬的心情……不過，我覺得還是由媽媽妳去比較好喔。」

美羽嘆道：

「因為，巧哥說不定是因為太期待和媽媽約會才發燒的。」

「什、什麼？那樣簡直就像在遠足當天發燒的幼稚園小朋友……」

「他會不會就是期待到那種程度呢？」

「…………」

「總之──妳要好好去探望人家喔，媽媽。」

美羽一本正經地說。

「因為我也擔心巧哥的身體狀況……而且，我想他現在一定因為毀了和媽媽的約會而非常沮喪。一方面也是為了替他打氣，還是由媽媽去最好啦。」

她的語氣十分嚴肅，不帶一絲玩笑意味。

既然她的態度如此認真，說的話又很有道理。

「……我、我知道了啦。」

我也只能點頭答應。

雖然約會因突發狀況而取消——不過看樣子，今天我無論如何都會和阿巧共度了。

♠

我作了一個夢。

全身倦怠無力，腦袋也昏昏沉沉的……在迷迷糊糊連自己是睡是醒都分不清的狀態下，我隱約作了一個夢。

關於綾子小姐的夢。

為此，我感到既高興又害羞，心情複雜無比。看來，我果真無論是清醒還是在睡覺，腦袋裡想的全是她。

綾子小姐站在我面前——而我的視線相當低，感覺像是仰望著她。

這似乎是我的個子還比她矮——我的說話態度還總是拘謹有禮時的夢。

「阿、阿巧……」

綾子看著我的臉好紅。

原因出在——她身上的服裝。

「你覺得這副打扮如何……？看、看起來有像耶誕老人嗎？」

耶誕裝。

話雖如此，卻不是身材魁梧的大叔會穿的那種紅色長袖長褲。

坦白說——是耶誕比基尼。

覆蓋胸部和臀部的，是面積稀少的鮮紅色布料。不僅該突出的地方非常突出，還有著葫蘆般的細腰。

總而言之就是太暴露，完全展現出她絕佳的姣好身材。

這幅景象，對還是小孩子的我而言過於刺激——不對。

和是不是小孩子無關，連我現在看了也覺得太刺激了。

綾子小姐的耶誕比基尼就是擁有這般的破壞力。

「啊哈哈……我、我看還是不要穿成這樣好了。畢竟有點冷，而且……總覺得好色情。」

綾子小姐扭動身體，試圖遮掩被突顯出來的胸部和臀部，一邊笑著想要掩飾自己的難為情。

喂喂喂。

等一下。

我怎麼會作這種夢啊……？

為什麼——會夢見「那個時候」？

就算要作以前的夢……也還有其他東西可以夢，不是嗎？

莫非是欲求不滿？否則我怎麼會在夢裡回想起這種在腦內珍藏檔案夾中，排行相當前面的色情事件呢？

「呃……」

夢中的我、年紀尚幼的我，開口出聲。

彷彿重演從前發生過的事情般——

「很、很適合妳喔，綾子媽媽——」

「……妳喔，綾子媽媽。」

「咦？是、是的……」

在半夢半醒之間——熟悉的說話聲傳來。

我奮力抬起沉重的眼皮，這裡是我的房間——然而，卻有個不應該在我房內的人出現在眼前。

綾子小姐。

讓我日思夜想的她，正一臉不知所措地俯視躺在床上的我。

啊啊，難道我還在作夢？

綾子小姐怎麼可能會在我房裡——

「綾子媽媽……」

腦袋昏沉的我呼喚她的名字，並不由自主地伸出手。可能是發燒的關係吧，那種心境就好比在沙漠中徘徊找水時，終於發現綠洲的海市蜃樓一般。

然而。

那個海市蜃樓——卻有實體。

而且還溫柔地握住我伸出的手。

「嗯、嗯……我、我是綾子媽媽喔？」

「……咦？什麼？」

聽似靦腆的聲音，以及回握我的手的觸感，讓我的意識總算清醒過來。

我倏地猛然坐起身，凝視床邊的女性。

「綾——綾子小姐？」

「你好，阿巧。」

她對著吃驚的我，露出有些困窘的笑容。

阿巧在床上坐起身，目瞪口呆地看著我。

「啥……咦？綾、綾子小姐怎麼會在我房裡……？」

「呃，因為我聽朋美小姐說她今天從下午開始就不在家……所以我才來探望你的狀況。」

「原、原來是這樣啊……」

「阿巧，你身體狀況還好嗎？」

「呃……那、那個……好像有比較好了，因為吃過藥之後，我整個上午都在睡覺。只不過早上的時候，意識真的很模糊就是了。」

阿巧用剛睡醒還有些迷迷糊糊的語氣這麼說，臉上的表情卻益發黯淡下來。

「……對了。我居然在這種日子發燒臥病在床……」

以帶著深深的後悔與罪惡感的語調嘀咕之後，他向我低頭致歉。

「綾子小姐……我真的很對不起妳。」

「沒、沒關係啦！阿巧，你用不著道歉，我完全沒有放在心上。」

「可是……難得綾子小姐願意跟我出去約會……」

「生病了也是沒辦法的事，你就別掛心了。」

「是……」

雖然他點頭答是，但是顯然心情依舊低落。

「不過，沒想到你居然會在這種季節感冒耶。」

「……其實，我這幾天幾乎都沒睡。」

阿巧神情內疚地說。

「你為什麼不睡覺？」

「呃，那個……因、因為一想到要和綾子小姐約會，我就完全睡不著覺。」

「……咦？」

「而且……我還得做各種事前練習。」

「事、事前練習？」

「我本來打算今天要租車……可是因為我自從去年考到駕照後就很少開車，想說應該要先練習一下，所以最近，我半夜都會跟我老爸借車，沿著約會會行經的路線來回開好幾次。」

「你、你做了那種事情？」

「唔，因為……要是當天開車出了差錯，不就糗大了嗎……？」

「我是可以理解你的想法啦……」

好驚訝。這該怎麼說呢……我是有想過阿巧應該會為了這次的約會鼓起幹勁——但我沒料到他會做到這種地步。

更沒想到，他居然不惜縮減睡眠時間也要預習約會路線。

「我很高興你有這份心……不過，你太拚命了啦。跟我約會明明可以更隨便的……」

「——不可能隨便的。」

阿巧直視著我，語氣堅定地反駁。

「我可是期盼了好久，才有機會和綾子小姐約會，怎麼可能隨便行事呢。我一定要成功……況且更重要的是，我非常期待這次的約會。所以……我才會一直坐立不安。」

「阿巧……」

「可是，結果到了今天，我卻病倒了……實在有夠本末倒置的。我真糗……再怎麼遜也該有個限度……」

他在床上垂頭喪氣，看起來沮喪無比。

就某方面而言，美羽算是猜中了。

對約會太有幹勁，到最後卻落得一場空。就好像因為太期待遠足，卻在當天發燒的幼稚園小朋友一樣。

如果說他糗，那麼他或許是很糗沒錯。

但是——

「……！」

我的心頭猛地一緊。

失望沮喪的他——不知為何，在我看來是如此地惹人憐愛。

「謝謝你，阿巧。」

回過神時，我已經把自己的手，疊在他放在棉被上的手上。

「謝謝你為了我這麼努力。」

「綾子小姐……可是，我……」

「沒關係，剛才我也說過，我完全沒有放在心上。事情雖然的確有些不順利……不過，我已經完整感受到你的心意了。阿巧為了約會而努力的心意，真的讓我很開心。」

「…………」

「所以，你就別再沮喪，好好地休息吧。等你好了以後……呃，那個……下、下次我們再去約會吧！」

「咦？」

阿巧彈也似的猛然抬頭。

唔唔……好、好激動的反應。

原本黯淡無光的雙眼，感覺突然又恢復了光彩。

「可、可以嗎？」

「……可以啊。」

「可以有下一次約會嗎？」

「……嗯。」

「真的──」

「我、我都說可以了不是嗎？真是的！」

不要一再確認啦！

這樣讓人很難為情耶！

嗚嗚……好奇怪，事情怎麼會變成這樣？我明明應該是受邀的那一方，這麼一來，變得好像是我主動積極地邀約一樣……！

不對，不是這樣的！都是因為阿巧太沮喪了，我才不得已……沒錯，我是不得已才這麼做的！

「既、既然你身體不舒服，這也是沒辦法的事。而且遇到這種情況，通常應該不是取消而是延期吧？嗯，沒錯，這才是一般正常的做法。」

「……這樣啊，是延期啊。」

阿巧這時總算安心地笑了。

啊啊，真是的……居然這麼喜形於色。

現在這副幸福洋溢的笑容，與剛才沮喪時的傷心表情之間的落差……讓人不禁頭暈目眩。

「……啊！阿巧，你有食慾嗎？我、我有煮粥來，我去加熱喔！」

忍受不了現場莫名美好的氣氛，我暫時離開房間。

我曾經使用過左澤家的廚房好幾次。

像是和美羽一起受邀到左澤家吃飯時，我都會幫忙收拾和洗碗。

今天也是一樣，聽到我說要去探病之後，朋美小姐表示「廚房可以隨意使用」，於是我就不客氣地用了。

我將裝在鍋子裡帶來的粥稍微重新加熱，然後分裝在碗裡，回到房間。

「讓你久等了。來，請用。」

「謝謝，不好意思麻煩妳了。」

阿巧坐在床上，伸手就要接過粥。

「啊！等一下，可能還有點燙。」

我早他一步拿起碗，用湯匙舀起一口的量。

然後。

「呼～呼～」

呼了好幾口氣，把粥吹涼。

「好了，可以了。來，啊～」

「咦……？」

我正準備把湯匙送到阿巧嘴邊，卻見他滿臉通紅、渾身僵硬。

見到他的反應——我才赫然察覺自己的失態。

「啊！抱抱、抱歉！不、不是的！是因為我總是對美羽這麼做，才會不自覺地……因為那孩子每次感冒，都會變得非常撒嬌……！」

「沒、沒關係！我明白！」

互相面紅耳赤地大聲嚷嚷之後，阿巧從我手中接過盤子，開始吃粥。

這次是確確實實地自己動手。

「啊姆……真好吃。」

「真的？太好了。」

阿巧就這麼大口大口地吃著。既然他有食慾，那真是再好不過了。而且臉色感覺也不差，希望他的病能夠就此快快痊癒。

看著他進食的模樣──我忽然回憶起從前。

「……以前明明可以很稀鬆平常地做到『啊～』的。」

「咦？」

「我以前不是餵過你吃飯好幾次嗎？」

「那是……小時候的事情吧？因為綾子小姐要那麼做，我也只好……」

「呵呵！就是啊，阿巧雖然每次都很害羞的樣子，結果還是會乖乖地張口讓我餵，真的好可愛喔。」

「……！」

阿巧紅著臉，說不出話來。

那個反應實在太可愛了，害我忍不住繼續追擊。

「對了，阿巧——你剛才喊我『綾子媽媽』對吧？」

「噗……咳咳咳！」

儘管噎到，阿巧仍勉強將口中的粥吞下去，然後，用一副無地自容的表情看著我。

「妳、妳聽到了嗎？」

「嗯，我聽到了。」

「……真的假的？呃，不是啦，我只是因為夢到以前的事情，才會……」

「呵呵呵，好懷念『綾子媽媽』這個稱呼喔。因為阿巧你在不知不覺間，就改叫我『綾子小姐』了。」

「這是理所當然的啊……我又不能永遠都稱呼妳『綾子媽媽』。」

「……說的也是。」

真的是——理所當然的事情。

相遇時還只有十歲的少年，十年後變成了二十歲。

從少年長成為一個男人。

然而，大概是我內心的某個部分，一直都還把他當孩子看吧。

所以——我才完全沒有發現。

沒能察覺他暗藏的心意。

結果因為這樣，如今才會如此地困惑、迷惘。

當然，阿巧沒有做錯任何事。他只是一心一意、專心致志地走在自己的道路上。只是隨著年歲增長，成長為一個男人。

有問題的人——是我。

是我的看法、觀點有問題。

沒什麼好說的。說到底，所有問題都出在我的心——

「吶，阿巧，你作了什麼夢？」

我忽然感到好奇便開口詢問。

他究竟夢見了何時呢？

我和他共度的這十年——雖然我始終都只把他當成兒子或弟弟，他卻將我視為一名異性。

明明過著相同的時間，卻彼此朝著不同方向的這十年。

在高燒下口吐囈語的他，究竟回憶起什麼時候呢？

「這個嘛……呃……」

阿巧一副非常難以啟齒地說。

「是綾子小姐……穿耶誕比基尼的夢。」

「噗！」

噗哧一聲。

我以將原本平靜的心情趕跑的氣勢，噴出好大一口氣。

「什、什麼？你說耶誕比基尼……是、是指那個嗎？」

「是啊，就是……那個。」

「討厭啦！你怎麼會作那種夢啊！」

「呃，妳跟我抱怨也沒用啊，夢到了就是夢到了……」

嗚嗚～～！

萬萬沒想到，阿巧的夢——居然是那時的夢！

害我現在清晰地回想起，那段被我深埋在記憶深處、原本早已遺忘的黑歷史了。

在不知道哪一年的耶誕節，大大地搞砸了的黑歷史。

本來想買普通的耶誕裝，卻誤買成露肚耶誕裝的大失態。

幸好對方是阿巧，要是被別人看見，我搞不好早就一頭撞死了……我甚至有過這樣的念頭——但是，既然阿巧從十歲左右起便將我視為異性，事情就完全不是那麼一回事了。

唔哇啊，唔哇啊～～～～！

「嗚嗚……阿巧是大笨蛋。你為什麼還記得那麼久以前的事情啦！」

「對不起……可是，因為我當時受了很大的衝擊……」

「抱、抱歉喔，反正我穿起來就是怪，那副打扮就是不適合我啦！」

「不，不是那樣的……應、應該說是好的衝擊。因為綾子小姐的身材很好，即使做那副打扮也非常適合……」

「啥……沒、沒關係啦，你不用說那種客套話。」

「這不是客套話！綾子小姐真的非常漂亮，身材也很完美……所以，我才會看到失了魂——」

「～～！可、可以了！我知道了！」

阿巧的大力稱讚實在讓我受不了。我快不行了，真的拜託你別說了。要是再繼續被稱讚……我感覺自己都要變得不正常了。

「真是的……阿巧你很色耶。」

因為實在太害羞，我不由得用鬧彆扭似的口氣這麼說。

「我、我哪裡色了……」

「你明明說過以前和我一起洗澡時，有盯著我的胸部看……」

「……有件事我想先聲明，無論是耶誕比基尼還是洗澡，我都是單方面地被逼著看，絕對不是我主動去看的。」

「這、這是什麼歪理！算了，總之給我把那些全部忘掉！」

我蠻橫地大喊。

明明不管怎麼想，真正講歪理的人其實是我。

「對、對不起……」

啊啊……我讓他向我道歉了。抱歉，阿巧，我只是因為太害羞才會這樣語無倫次。

正當我深陷罪惡感之中，阿巧「不過……」地接著說下去。

「我會變得色瞇瞇……也是沒辦法的事。」

「咦……？」

「見到自己喜歡的女性以過度刺激的裝扮出現在眼前……只要是男人，任誰都會產生遐想啊。」

「咦……咦咦？」

「要我忘記是絕對不可能的。那幅景象已深深烙印在我腦海中，而且深刻到讓我夢見好幾次。」

「夢、夢見好幾次……」

阿巧正面注視著驚慌失措的我。

儘管羞恥感令他滿臉通紅，他依舊不把目光移開。目不轉睛地。

以充滿熱情的眼神，彷彿要將我射穿般直視著我。

「我……雖然不只是因為外表才喜歡綾子小姐……但是妳的外表……我也非常喜歡。長相就不用說了，身材什麼的也全都好有魅力……」

「啥？唔、啊……啊嗚……」

在熾熱到幾乎使人燙傷的目光注視下，一再地受到稱讚，我整個完全不知該如何是好。

身體發熱。

腦袋昏昏沉沉的。

羞恥心與興奮感持續加速，正常的判斷力逐漸消失——

「……真的嗎？」

一回神，我已經開口了。

而且還將手擱在胸口上，像是在展現自己的身體一般。

「阿巧，你真的也喜歡我的……身體嗎？」

「咦？呃……說、說身體這種話感覺好露骨……不過，是的……我很喜歡。」

「……這樣啊。既然如此──」

一邊說，我一邊坐在床上。

坐在阿巧旁邊，離他相當近的位置。

「──你要不要現在確認看看？」

♠

我完全不明白她在說什麼。

確認看看？

是要確認什麼？

從前文的脈絡來思考……意思是確認身體嗎？不，太荒唐了，綾子小姐不可能會說這種話。不可能、不可能，絕對不可能。

一瞬間，各式各樣的想法在我腦中翻騰——

「手借我一下。」

然而，當她的手觸碰到我時，所有思緒頓時消散。

她用雙手，抓住我的左手手腕附近。

然後——拉往自己的方向。

「啥？綾、綾子小姐……？妳在做什麼？」

「別問那麼多，乖乖地把手伸出來。」

「可是，等、等一下——」

「我、我也很害羞啊！可是，我還是想要……讓阿巧觸摸確認看看。」

「觸摸……」

咦？咦？這是怎麼回事？事情怎麼會發展成這樣？

綾子小姐無視極度混亂的我，進一步將我的手拉向自己。隨著手逐漸接近她，我的視線也自然而然地受到牽引。

不容分說地進入眼簾的是——豐滿的胸部。

將針織衫暴力地撐起的隆起，牢牢地捕捉住我的目光。她即便只是稍微扭動身體，隆起便會大大地晃動，同時我的理性也隨之動搖。

好大。

真的好大……好驚人。

如此巨大的禁忌果實，就位在離我的手短短數公分之處。

「雖然像我這種大嬸……你可能不會想摸就是了。」

「咦……不，我沒有不想摸……」

我當然想摸了。

坦白說……我都不曉得妄想過多少次。

我雖然絕對不是因為貪圖綾子小姐的身體才喜歡上她……但是，我畢竟也是個男人，對她不可能只有純純的愛。

喜歡的女人的胸部——我當然很想觸摸啊。

可是。

就算是這樣……我還是不喜歡這種神祕的發展！

「請、請等一下，綾子小姐！妳、妳突然這是怎麼了……」

「別管那麼多了！這、這種事情，氣勢很重要！」

「什麼氣勢……」

「好了，你乖乖地不要亂動！」

她一邊用流露出羞恥感的表情喋喋不休，一邊繼續拉著我的手。

只要我認真起來，應該可以甩開她的手。

然而——我卻辦不到。

無論理性如何抗拒，滿溢的煩惱依舊讓理性變得遲鈍。

結果，我沒能主動地採取行動，就這麼任憑她擺布。

綾子小姐硬拉著我的手，拉往自己的上半身。

伸向針織衫裡面——

「什麼……」

直接？

等一下，要直接摸嗎？

明明隔著衣服就很夠了，居然冷不防就直接來？

「綾、綾子小姐……！」

「……沒關係啦，阿巧。」

綾子小姐露出拚命忍受羞恥感的表情，以性感的語調低喃。

我的手滑也似的入侵衣服內，入侵針織衫下方的衛生衣的內側。指尖直接觸碰到柔軟肌膚的瞬間，她頓時渾身一震。

「啊！呼、嗯……」

發出甜美的驚呼。

「對、對不起……」

「……沒事的，我只是因為你的手有點冰才會嚇一跳。」

調整呼吸之後，她直視著我。

「來吧……阿巧。不用客氣，儘管摸看看。」

接著，我的手就被用力地拉扯。

軟綿綿的。

柔軟的觸感傳遞至手掌。

如果要我坦白說出感想……觸感並沒有我想像中那麼好。

我原本以為分量會大到無法一手掌握，結果實際感受到的質量並沒有那麼大。

不過，細緻溫暖的柔軟肌膚摸起來還是相當舒服。

讓人好想就這麼一直摸下去的幸福觸感——

「阿巧，你覺得如何？」

「妳這樣問我，我也不知該作何感想……」

「這就是，我的身體……是我的……我的肉喔。」

肉。

要說是肉，這的確是肉沒錯。

令世上大半男人喜愛不已的女性乳房——胸部，真要說起來，也只是一團脂肪而已。為了區區一塊肉，眾多男人迷戀、渴望、受到愚弄，有時甚至連人生都變了調。

我此時此刻所觸摸的，說起來也只是肉罷了。

只不過。

我現在觸摸的，不是胸部——

——而是肚子。

「那個……綾子小姐。我有個非常單純的問題想要問妳。」

「什、什麼問題？」

「……妳為什麼要讓我揉妳的肚子？」

劇烈的混亂，以及期待重重落空般的心情，侵襲了我。

被拉進衛生衣底下的手，會急速上升、前往胸部——我原本以為會這樣，結果卻不知為何直接前往肚子。

綾子小姐讓我揉的，是她的肚子。

……為什麼？

為什麼是——肚子？

「你、你還問呢……我剛才不是說了嗎？我要讓你確認。」

綾子小姐用努力壓抑羞恥感的表情，不停將我的手壓向自己的肚子，一邊這麼說。

「阿巧你有點太美化我這個人了……那個，要怎麼說，你只知道二十幾歲時的我的身體吧？所以，我要讓懷抱從前幻想的你，實際感受我現在真實的樣子——咦？咦、咦咦？」

說明到一半，綾子小姐忽然發出怪聲。

她放開抓住我手腕的手，往後一跳和我拉開距離。

「討、討厭……阿巧，那、那個……！」

「咦……？」

「呃，就是，那個……發、發生不得了的事情了……！」

綾子小姐用雙手遮臉，面紅耳赤地大喊。

我循著她從指縫間透出的困惑視線望去——那裡是我的胯下。

下半身的「我」，正激動地展示自己的存在。

和穿牛仔褲或休閒褲時不同，睡衣的薄布料完全遮掩不了來自底下的隆起。

布料就這麼被凶猛地朝天撐起——

「唔、唔哇啊！」

我急忙抓起棉被，遮住胯下。

雖然如今已經太遲了。

「對、對不起！我……」

「阿巧……咦？為、為什麼……？」

對著在難為情和內疚之下感到無地自容的我，綾子小姐以困惑至極的神情這麼問。

「你——你是摸了肚子才升旗的嗎……？」

「…………」

看樣子，她好像誤會什麼了。

「咦……咦咦？男人就算揉肚子也會興奮嗎？還是說，是阿巧你有那種特殊的嗜好——」

「不是的！我不是因為肚子才興奮！」

「可、可是，你的確……」

「呃，這是因為……我剛才還以為綾子小姐……妳、妳要讓我摸胸部。」

「是喔…………什麼？」

她原本冷靜下來的臉色，又再次沸騰似的變得通紅。

「你、你在想什麼啊，阿巧！我怎麼可能讓你摸胸部呢！」

「說、說的也是。」

「我主動拉著你的手，去摸自己的胸部……～～！這、這麼變態的事情我才不會做哩！我只是想讓你摸肚子而已！」

「…………」

等等。

那樣說起來也很變態不是嗎？

「居、居然以為我要讓你摸胸部，真是的……你就是因為老想著色色的事情才會誤會啦！」

「……對、對不起。」

我姑且向氣呼呼的綾子小姐道歉，內心卻依舊無法釋懷。

呃……這應該不是我的錯吧？

不管怎麼想，都是做出引人誤會的行為的綾子小姐不對。

見到對方做出那種行為，十個男人中肯定有十個都會誤會。

「不過，綾子小姐……既然如此，妳為什麼要讓我摸肚子呢……？」

「這是因為……我、我想要讓你了解現在的我啦。」

綾子小姐結結巴巴地說。

「……阿巧你看到我的裸體和比基尼裝扮，是很久以前的事情吧？所以……雖然你剛才大力讚美我的身材，但那些全都是以前的我……既然你對現在的我──對已經三字頭的我存有幻想，我想，還是讓你早點看清現實比較好……」

她的聲音愈來愈小，嘟嘟噥噥地接著說。

「……我跟你說，人一旦有了年紀，身上果然就會……長出很多多餘的東西。尤其我最近有點放縱，所以肚子這一帶就……」

「原來妳很在意那種事情啊。」

「什、什麼那種事情……三字頭的女人就是會在意這個啦！」

「綾子小姐妳又不胖，不用在意那麼多啦。」

「……騙、騙人！好了啦，你不用說那種客套話！你剛才不是也觸摸確認過了嗎？」

「這個嘛……感覺的確是有點肉，摸起來軟綿綿的。」

「看吧，果然沒錯……」

我對著泫然欲泣的綾子小姐，「但是……」地說下去。

「妳的體型根本就很正常啊。再說，我認為女性還是要有點肉比較迷人。還有……我覺得現在肚子有點肉肉的綾子小姐也好可愛。」

「……！」

「不對，與其說肉肉的肚子可愛，應該說綾子小姐在意自己肉肉的肚子的模樣超級可愛。啊，不過肉肉的肚子也是相當地有魅力——」

「你到底要說幾次肉肉的啦！」

綾子小姐害羞地大喊。

「嗚嗚……真是的～居然又捉弄大人。」

「我並沒有要捉弄妳的意思……」

「……你這個摸了肚子後升旗的變態。」

「我就說那是誤會了！」

我連忙反駁譏諷我的綾子小姐。

氣氛有一陣子變得十分尷尬。

「……呵呵！」

不過沒多久，綾子小姐就噗哧笑出來。

「我明明是來探病的，結果我們究竟在做什麼啊……？」

自嘲似的說完後，綾子小姐重新望向我。

「抱歉喔，都怪我做了……那種引人誤會的事情。」

「別這麼說，我才是讓妳見笑了。」

我們彼此低頭道歉。

「不管怎樣……既然你看起來已經恢復精神，我總算放心了。」

以鬆了口氣的口吻說完，她隨即漲紅了臉。

「我、我剛才說『恢復精神』是指你的身體狀況喔！沒、沒有其他意思！」

「妳放心！我懂的！」

綾子小姐的補充完全就是畫蛇添足。

「嗯嗯！」地清了清嗓子後，綾子小姐站起身，拿起裝著空碗的盤子。

「那麼，我差不多要回去了。」

「那個……真的非常謝謝妳。我很高興妳來看我。」

「沒什麼好謝的，你不用放在心上。你要好好休息，早點康復喔。」

「是。等我好了以後——我會再約妳的。」

我說出來了。

儘管很害羞，還是鼓起勇氣說出口。

綾子小姐瞬間露出驚慌的表情。

「……嗯，我等你。」

但仍一副若無其事地回答。

她回去之後，我躺在床上充分休息。

雖然身體還有些發熱，心情卻開朗無比。

當天晚上——

『哇哈哈，居然會因為感冒而取消約會，真是意想不到的結局啊。就連我也完全沒料到呢，這真是太妙了。』

「……到底有什麼好笑的？」

『哎呀，恕我失禮了。嘲笑別人的不幸實在不應該，不過……這或許也不盡然是不幸喔。』

「？什麼意思？」

『因為左澤確實達成了照護事件來取代約會呀。應該說這是好壞參半？還是不幸中的大幸呢？』

「說什麼照護事件……」

『而且根據我所聽到的，那起事件似乎加深了妳們之間的親密程度……呵呵！居然會在關鍵時刻生病，我原本還以為他是個不走運的男人，但搞不好他其實非常幸運喔。既然他很順利地在為攻陷妳立旗，那真是再好不過了。』

「……狼森小姐，妳會不會有點太沉迷於電玩遊戲了？」

『哈哈哈，也許吧。因為我最近在忙著做電玩遊戲的案子嘛，看來我的腦袋已經徹底受到影響了。』

「真受不了妳……」

『左澤巧啊……呵呵呵。』

狼森小姐接著說。

以極為愉悅的語氣。

『我真想和他當面聊一聊呢。』

第三章
耶誕夜與泳裝

♠

照道理，這個時候應該要立刻朝著之後的情節進行才對。

因為已經在上一章的最後埋下伏筆了，所以應該任誰都料想得到，接下來，綾子小姐的上司——狼森夢美小姐會突然出現在我們面前，引發一場騷動。

可是。

在敘述「狼森小姐來襲篇」之前，有件事我無論如何都想先提。

不惜扭曲時序，也想插隊提起的回憶。

那就是——綾子小姐的耶誕比基尼。

關於上一章曾稍微提及的角色扮演服裝……內容描述得實在不夠多，情報也過於零碎。

這樣下去，她有可能會被人以為打扮得那麼變態只是在惡搞。

不，不是那樣的。

綾子小姐之所以會做那種羞恥的打扮，是有理由的。

有她個人的理由。

而我無論如何都想要說明那一點，想要為整件事情加上注釋。我遭人誤解無所謂，唯獨綾子小姐被人誤會這件事我無法忍受。

所以，請容我在此唐突地回憶過去。

假使各位願意──還請陪我一同看下去。

這同樣是十年前的事情。

是我的說話態度還總是拘謹有禮時的故事。

十二月也已過了一半的時節──

我從小學下課回家，在鄰居家的停車場看見了綾子小姐。

她也注意到我，帶著溫柔的微笑向我揮手。

「阿巧，你回來啦。」

「綾子媽媽，我回來了。」

我忍不住發出雀躍的語氣。想不到能夠像這樣偶然相遇，今天真是個好日子啊。

我──喜歡綾子媽媽。

身為小學生的我雖然還不太會表達，不過……我的確是將她視為女性在喜歡她。

自從初次相遇的那一刻起，便一見鍾情地喜歡上她──然後，一起洗澡時得知了她的柔弱和高尚之後，對她的情意又變得更加深刻了。

說得更具體一點──就是我想和她交往、和她結婚。

當然，我並不認為自己現在能夠和她交往。

像我這樣的小孩子，即使對成熟女性說那種話，大概也不會被當一回事，還有可能會對她造成不必要的麻煩。

但是，有朝一日──

「綾子媽媽，妳要去接美羽妹妹嗎？」

「不是，我是想在去接她之前，先去買個東西……」

說到這裡，綾子媽媽做出像在沉思的舉動。

「阿巧，我問你，你今天待會有事嗎？」

沒一會，她這麼問我。

「是沒有啦……」

「這樣啊。既然如此──你要不要跟我一起去買東西？」

我二話不說，立刻就答應了。

取得在家的媽媽的同意之後，我坐上了綾子媽媽的車。

「其實，我今天是想去買美羽的耶誕節禮物。」

在行駛於國道上的車子裡，坐在駕駛座上的綾子媽媽這麼說。

「是喔。也對，因為耶誕節快到了嘛。」

「雖然時間還有點早，但要是不提早去買，想要的玩具說不定就會賣光了。

買完禮物之後，還要扮成耶誕老人——啊！對、對了，阿巧。」

綾子媽媽提心吊膽地問道：

「阿巧你……認為世上有耶誕老人嗎？」

「呃……應、應該沒有吧。」

左澤家不是會在那方面費心的家庭，所以我自懂事起，就不相信世界上有耶誕老人。

至於耶誕禮物，由於我想要什麼父母都會買給我，因此我不曾在當天早上發現枕頭旁邊有禮物。

「這樣啊……太好了，要是阿巧你相信有耶誕老人，我剛才說的話恐怕就會破壞你的夢想了。」

綾子小姐放心地吐了口氣。

「我是不相信，不過美羽妹妹說不定相信喔。畢竟她還只有五歲。」

「就是啊！最近，托兒所好像都在教小朋友們唱耶誕歌曲，所以她回到家都會唱給我聽……感覺真是超可愛的！因為她好像也很期待耶誕老人送的禮物，我身為媽媽，這種時候當然非努力不可。」

「不愧是綾子媽媽，好用心喔。」

「這點小事很正常，沒什麼好誇獎的啦……啊！阿巧，今天的事情你不要告訴美羽喔。」

「嗯，我知道了。」

「拜託你了，這是我們兩個的祕密喔。」

車子遇上紅燈停下來後，綾子媽媽朝我伸出手。

豎起小指。

「來，我們打勾勾。」

「…………」

唔……綾子媽媽還是一樣把我當成幼稚園小朋友耶。我明明都已經十歲了。

儘管心情很複雜，我還是豎起小指和她打勾勾。綾子媽媽的手有點冰，但感覺好柔軟，讓我不禁小鹿亂撞。

燈號變成綠色，車子再度往前行駛。

「對了，綾子媽媽，妳已經決定好要買什麼玩具了嗎？」

「那當然！」

我不經意地詢問，結果綾子媽媽氣勢洶洶地點頭。

「今年耶誕節，我要幫美羽——買愛之皇的變身道具！」

她的眼裡，閃耀著燦爛到令人心驚的光芒。

位於市內，這一帶最大的玩具量販店。

「真是幸好阿巧你願意陪我來。因為我還不太習慣自己一個人來這種地方。」

在停車場裡，綾子媽媽一邊下車，一邊苦笑著這麼說。

那似乎正是她邀我同行的理由。

對於今年才剛成為美羽妹妹的媽媽的綾子媽媽而言，到玩具店混在一群親子顧客之中購物，難度似乎太高了。

「哎呀……人果然很多呢。」

「因為是這種時期嘛。」

店內被布置成充滿耶誕節的氣氛，儘管是平日的傍晚，還是能見到許多攜家帶眷的顧客。

一面環視人潮洶湧的店內。

「來，阿巧。」

綾子媽媽一面朝我伸手。

「咦……」

「牽著我的手，否則走散就不好了。」

「……不、不用啦，我不會走失的。」

「沒什麼好害羞的。要是迷路就糟糕了，對吧？來吧。」

我害羞地婉拒了她，綾子媽媽卻無視我的意見，有些強硬地抓住我的手。

哇！

手……牽起來了。

「好了，我們走吧。」

「好、好的。」

和小鹿亂撞的我形成對比，綾子媽媽的態度一派泰然。

好像完全不覺得和我牽手有什麼大不了。

這讓我是感到既空虛又不甘，心情十分複雜。

雖然這是理所當然的……不過現在的我在綾子媽媽眼裡，似乎只是一個鄰居小孩，只是兒子一般的存在。

「……對了，阿巧。」

在我們手牽手，走向女童玩具區的途中。

「阿巧……你有在看愛之皇嗎？」

綾子媽媽以充滿不安與期待的語氣，這麼問我。

「當然沒在看啦……因為我是男生。」

我是真的沒有在看。而且明明是男生，卻被人以為有在看給小女孩收看的動畫，實在讓人感到很難為情，於是我這麼回答。

然而綾子媽媽卻……

「這、這樣啊……」

顯然一臉失望。

奇、奇怪？

我難道搞錯什麼了嗎？

在不安的驅使下，我急忙打圓場。

「呃，那個……不過，愛之皇現在好像引起了很大的話題呢。」

「就是啊！愛之皇現在超熱門的！」

結果，綾子媽媽的雙眼立刻發亮。

「現在正在播的『愛之皇・鬼牌』，真的是一部非常棒的作品喔！五十二位愛之皇彼此交戰到剩下最後一人，如此創新且具挑戰性的作風，使其在業界相關人士之間備受矚目！雖然因為劇情的關係，也受到了相當猛烈的抨擊……不過，愛之皇並不只是在描述一個殘酷的故事，同時也深刻地刻劃了人性——」

「……………」

就在我被她生氣勃勃、滔滔不絕的模樣震懾住時，綾子媽媽露出赫然回神的表情。

「呃……聽說人家是這麼評論的啦。不是我這麼認為，而是一般大眾做出這樣的評價……」

「……綾子媽媽，妳喜歡愛之皇嗎？」

「嗄？你、你在說什麼啊，阿巧！我已經是老大不小的大人了耶！才不會迷上給小女孩看的動畫哩！我只是陪美羽看而已！沒錯，我從頭到尾都是為了美羽！哎～其實我星期天好想悠哉地睡飽飽，卻老是被美羽叫起來看動畫，當媽媽真是辛苦啊～」

「……是、是喔。」

因為總覺得不可以再追究下去了，我於是識相地點頭附和。

我們就這麼繼續走，來到女童玩具區。

「哇啊！有好多愛之皇的玩具喔。」

大量形形色色的變身玩具擺滿了一整個貨架。

「綾子媽媽，妳已經決定好要買哪個了嗎？」

「……我煩惱了好久，最後終於篩選出兩個。」

綾子媽媽以極其為難的表情如此說道。從那副苦澀的神情，可以看出她真的是煩惱到了極點。

「一個是『愛之皇．速度』的變身道具，『變身機杖喜孜孜雀躍權杖』。虎杖千繪所變身的『速度』是主要皇帝之一，是美羽最喜歡的角色。她一直說很想要這個玩具。」

「是、是喔。」

「另一個是——『愛之皇．索麗緹雅』的變身道具，『變身機槍心兒砰砰跳麥格農』。水雞島灯宮所變身的『索麗緹雅』是所謂的候補皇帝之一……總之是個非常有魅力的角色。她的好無法以言語形容，只能說去看動畫就會明白了。」

「這、這樣啊。」

怎麼辦？

疑似是專有名詞的陌生詞彙不斷出現。

就算告訴我這些，我也是一頭霧水……

「吶，阿巧，你覺得哪個好？」

「這個嘛……還是選美羽妹妹喜歡的比較好吧？」

「……嗯，也是啦，我就知道會出現這樣的意見。不過啊，我認為這種玩具應該要以中長期的觀點來思考才對。個性天然呆的『速度』確實是活力充沛又可愛，不難理解美羽為什麼會喜歡她……可是我總覺得，『索麗緹雅』才會是那個持續活躍到劇情尾聲的角色。你不認為，這種時候應該以長遠的目光來思考事情嗎？」

「呃……可是，這是美羽妹妹的禮物，好像還是送她想要的東西比較好……」

「…………是啊，你說的對，阿巧說的一點都沒錯。可是啊，小孩子想要什麼就給她什麼，這真的是一個母親應有的行為嗎？那樣真的是母愛的表現嗎？假如真的是為孩子著想，難道不應該不惜狠下心，也要送孩子對她將來有幫助的東西嗎？」

「…………」

「美羽只是因為年紀還小，才會因為小灯宮的黑暗面而沒有發覺她的獨特魅力！啊，小灯宮是水雞島灯宮在網路上的暱稱啦。小灯宮在大朋友之間很受歡迎，在小朋友之間卻乏人問津……而且最近……她的戲分很少。因為會爆雷，我沒辦法說得太詳細……總之，就是她蒙受了非常殘酷的創傷，脫離了戰線……但是呢，我認為這絕對是為她之後的覺醒所埋下的伏筆！再過一陣子，她一定會得到很厲害的強化型態，重回戰場。到時，就連美羽也肯定會迷上小灯宮的！所以，你不覺得現在就放眼遲早會到來的強化型態，事先買下小灯宮的變身道具，這樣才是為美羽好嗎？你也這麼認為對吧？」

「……啊，嗯。」

我這麼回應。

雖然她的話我連一半都沒聽懂，不過既然她徵求我的同意，我也只能回答「啊，嗯」了。

「既然綾子媽媽這麼認為，不如就這麼辦吧。」

「……啊啊，阿巧，不要陪笑敷衍我！拜託……不要用那種像在看什麼麻煩生物的眼神看我……不要露出像在說『不要拿自己已經做出結論的事情問別人』的表情……！」

我才沒有露出那麼具體的表情。

不過嘛，我的確覺得有點麻煩就是了。

原來如此。在此之前，我雖然聽過「陪笑」這個詞，卻不曉得具體上是什麼意思……原來在我此刻的心境下露出的笑容，大人們稱之為「陪笑」啊。

「嗚、嗚嗚……我明白，其實我也很清楚你說的都對。這是美羽的耶誕節禮物……選擇美羽想要的東西才是最正確的……」

一邊語帶哽咽像是在說服自己似的說著，綾子媽媽以顫抖的手，拿起「愛之皇・速度」的變身玩具。

然而在前往收銀台的途中，她卻一再地回頭，依依不捨地望著「愛之皇・索麗緹雅」的變身玩具。

在收銀台結完帳，請店員將買下的玩具包裝成禮物。

結束購物，走出店外——的前一刻。

「那、那個，阿巧。」

綾子媽媽開口。

「你不用先去上個廁所嗎？」

「嗯，我現在還不想上。」

「是嗎？唔，不過……為謹慎起見，還是去一下比較好吧？」

「咦？可是……」

「哎呀，凡事總有個萬一，還是謹慎一點比較好啦。你就當作被騙去一下，搞不好到廁所就會想尿了喔。」

「……那、那我去嘍。」

不知為何，綾子媽媽對我施加不容分說的壓力，勸我去上廁所。

我姑且點頭，前往廁所——卻愈想愈不對勁，於是停下腳步。

綾子媽媽……到底是怎麼了？她硬是要我去上廁所，難道是打算自己一個人做什麼嗎？

我躡手躡腳地回去，躲在貨架後面窺視她的行動——

「——！」

眼前上演的景象，令我不禁語塞。

綾子媽媽正在排隊結帳。

她手裡拿著的是——剛才猶豫半天結果沒買的玩具，「愛之皇・索麗緹雅」的變身機槍。

我……其實早就隱約察覺到了。

綾子媽媽果然是自己想要。

給美羽的另一個禮物……事情恐怕不是如此吧。那個玩具一定是她自己要玩的。

是這樣啊。

原來即使成為大人，也是會想要動畫的變身玩具啊。

我是覺得既然想要，那麼大可大大方方地買下來，不過，她大概很不好意思在我的面前買吧。

大人還真是辛苦啊。

「啦啦啦～……啊！阿巧……」

「讓妳久等了。」

我假裝剛從廁所回來，走到買完東西、心情大好的綾子媽媽身旁。

「啊！這、這是……」

朝新增加的玩具一瞥之後。

「那個，呃……人、人家送的啦。」

綾子媽媽這麼說。

臉上還帶著極度不自然的笑容。

「人、人家送的？」

「沒錯！是人家送的！我跟你說，我們好像正好是這間店的第一萬名顧客喔！所以店家說『我們要贈送一個您喜歡的玩具』……因為我沒有什麼特別想要的，於是就挑了當下忽然想到的玩具。不過其實有沒有我都無所謂啦！」

「……………」

她、她在說謊……！

那明明就是她自己買的，卻用這種牽強的謊言試圖蒙混過去。就算是騙小孩，難道她沒有更高明的藉口了嗎？

儘管內心瘋狂地吐槽。

「這樣啊。好棒喔，綾子媽媽。」

我還是沒有否定對方的話，假裝自己相信了。

「就、就是啊……真的好幸運喔！」

綾子媽媽臉上泛起安心的微笑。

嗯，這樣就好。這樣就可以了。

既然綾子媽媽感覺很開心，我也就不再多說什麼。

回程的車內──

「綾子媽媽，妳打算在耶誕夜把愛之皇的玩具擺在美羽妹妹的枕頭旁嗎？」

「我是這麼想的。然後，我還想給她另一個驚喜。」

「驚喜？」

「我聽說在枕頭旁放禮物的行動失敗率很高，因為小孩會在放的瞬間醒過來。所以我──打算採取兩段式行動。」

「兩段式行動？」

「就是在放禮物的時候，打扮成耶誕老人的樣子。如此一來，就算萬一美羽醒了，她也會心想『啊，是耶誕老人』，這樣就不會破壞她的夢想啦。」

「……原來如此。這樣很有趣耶。」

「呵呵！很有趣吧？其實啊，我已經在網路上買好耶誕老人的服裝了。啊，對了。回家之後我想稍微試穿看看，你可以幫忙確認看起來像不像耶誕老人嗎？」

經過這樣一番對話──

開車返回歌枕家之後，我去了她家打擾。

我坐在客廳沙發上，等待她換好衣服。

「阿、阿巧……」

伴隨著可憐兮兮的說話聲，客廳的門打開了。

我抬起頭，不禁愕然。

在我眼前的是——頭戴耶誕帽、身穿比基尼的綾子媽媽。

耶誕老人的招牌紅白配色。然而，面積占最大的卻是肌膚。太暴露了。巨大的胸部感覺隨時都要從紅布中滿出來。

「嗚、嗚嗚……我搞砸了……」

對著啞然失語的我，綾子媽媽神情羞澀地用雙手捂著臉。

「咦？啥……咦咦咦？」

為什麼？

為什麼要在這種寒冬之中穿比基尼？

這裡何時變成南半球了？

「我沒有仔細看，就用『耶誕老人 角色扮演 女性』這幾個關鍵字搜尋，然後買下來了……結果就送來了這個……怎麼辦……？」

綾子媽媽淚汪汪地邊說邊確認自己的裝扮。

每當她扭轉身體，胸部和臀部就被進一步突顯出來，讓我不由得屏息。明知道不應該看，視線卻無論如何都會被吸引過去。

唔哇啊。

好驚人，真是太驚人了。

綾子媽媽……身材果然好好。

而且最重要的是，胸部非常大。

總歸一句話就是大。

然而腰卻非常細，一點都不胖。

儘管之前在浴室就見過她的裸體……但是被大紅色比基尼包覆的迷人肉體，在某種意義上，感覺比裸體來得更加性感。

「我雖然姑且試穿了……可是這樣果然不行吧？即使在家裡還是好冷……而

且總覺得有點色情。」

「很、很適合妳喔，綾子媽媽。」

「……啊哈哈，謝謝你，阿巧。」

綾子媽媽無力地笑答。

「唉……總之，我會把這套比基尼封印起來，然後重買一次。因為網購說不定又會失敗，我看還是親自去店裡找找看好了……」

「應、應該不需要那麼努力吧？況且也不曉得美羽妹妹會不會在半夜醒來。」

「嗯～……不，我要買。」

綾子媽媽起先露出有些苦惱的神情，但隨即用力點頭。

口氣好比倔強的孩子一般。

「因為我已經決定，要盡全力好好去過這類節日了。」

綾子媽媽說道。

眼神中蘊含著堅定的意志，以及些許的虛幻。

「因為我不想讓美羽感到寂寞……而且，我想為她做所有姊姊和姊夫想做卻做不到的事情。所以，做得太過火反而剛剛好。」

「綾子媽媽……」

啊啊——

綾子媽媽果然好了不起。

雖然她偶爾會有點冒失，不過真正的她其實比誰都善良，比誰都深愛著美羽妹妹。

「……嗯，也對，做得太過火才有趣嘛。」

我自然而然地笑了。能夠再次確認自己最喜歡意中人的哪一點，我的心中洋溢著一股溫暖的感覺。

「任何事情我都願意幫忙，所以請妳儘管告訴我喔。」

「謝謝你，阿巧。那麼……關於我的第一個請求。」

綾子媽媽將食指豎在嘴巴前。

「今天這副打扮的事情……你不要告訴任何人喔。」

口氣和舉動像在開玩笑，唯獨眼神十分認真。

「沒、沒問題，我知道了。」

於是，我用力地點頭應允。

——回想結束。

我的說話態度還總是拘謹有禮時的故事，到此告一段落。

順便補充一點——後來綾子小姐買了極其普通的耶誕老人服裝，成功在半夜放好了禮物。美羽收到自己想要的禮物，開心得不得了……只不過，耶誕節隔週播放的那一集，發生了以那個玩具變身的「愛之皇・速度」突然被賜死的小小悲劇——但總之，那一年的耶誕節整體而言非常成功。

但是，這件事情其實還有後續。

第一次的成功讓綾子小姐食髓知味，之後每一年都繼續角色扮演——直到有一年才戛然停止。

大概是美羽就讀國二時的耶誕節吧。

那一年，我也被邀請去她們家吃晚飯。我們三人和樂融融地享受著耶誕節大餐。

「對了……」

然而就在吃完耶誕蛋糕之後，美羽忽然開口。

以一副聽起來滿不在乎的口氣，乾脆地說。

「媽媽，可以請妳從今年開始，別再扮成耶誕老人在我枕頭旁放禮物了嗎？」

「……咦？」

綾子小姐頓時表情錯愕，渾身僵硬。

她今年似乎也理所當然地打算那麼做，而且事前也向我透露過她的各種計畫——美羽卻在她行動的前一刻這麼叮囑她。

「……妳、妳在說什麼啊，美羽？什麼扮成耶誕老人……我、我不懂妳的意思耶？美羽會收到禮物，是因為妳是個乖孩子，耶誕老人才會——」

「啊～真是夠了，不要再裝了啦。」

對著儘管心情動盪不安仍拚命笑著找藉口的綾子小姐，美羽搖搖手說道：

「我很高興媽媽這麼用心。可是我都已經是國中生了，還要一直假裝沒發現真的很煩耶。」

「假、假裝沒發現？咦……這、這麼說，美羽……妳該不會早就發現了？」

「我當然早就發現啦。大概是從五年前開始吧。」

「五……！」

「因為覺得媽媽這麼努力，我要是不配合妳心裡實在過意不去，所以直到去年我都一直假裝被騙……可是媽媽妳卻完全沒有要停止的意思。我沒想到，妳連我升國中了都還要繼續下去。」

「…………」

「見到自己的母親每年都扮成耶誕老人，實在讓人覺得很丟臉耶。如果妳只有二十出頭，那還勉強可以接受，可是媽媽，妳都已經三十了。」

「…………」

「所以說，從今年開始不要再扮耶誕老人了，這樣我們彼此都輕鬆。嗯，就這麼辦。啊～我終於說出來了。我總算把五年前就想說的話說出來了。」

美羽一如她所言，露出打從心底感到暢快的表情——相形之下，綾子小姐則是……以一副充滿絕望與羞恥、難以言喻的表情，全身不住顫抖。

後來，她鬧脾氣把自己關在房裡，那年的耶誕節也因此變得相當淒慘。不過如今回想起來，倒也是一份美好的回憶。

以上——就是關於耶誕比基尼的補充說明。

……該怎麼說呢？我本來是打算敘述綾子小姐的美談，結果冒失的小插曲卻好像占了多數——總之就這樣吧。

與正題無關的回想，到此結束。

非常感謝各位的靜心聆聽。

那麼，請接著繼續欣賞本文。

第四章
孤狼與突襲

只能以青天霹靂來形容。

在平日的大白天，沒有事先約好，就這麼毫無預警地到來了。

「嗨，好久不見了，歌枕。」

「狼森小姐……」

打開玄關門的我，不由得呆立在原地。

和高級品牌的褲裝十分搭襯的苗條模特兒身型。

與合身的正式服裝形成對比、隨意亂翹的自然髮型。可是，那股野性的氛圍卻不可思議地與套裝非常契合，營造出一種不協調的魅力。

明明已年過四十，那張臉蛋卻依舊年輕，肌膚也充滿彈性。

然而最重要的是——眼睛。

令人聯想到狼的凶猛目光，自初識至今完全不變。

狼森夢美。

我所任職的企業「燈船股份有限公司」——的代表董事。

「因為我跟空色老師約好今晚見面，所以想說順便來找歌枕妳。」

狼森小姐舒適地坐在客廳的沙發上，說出她登門拜訪的理由。

空色老師是住在這附近的資深女性插畫家，和我們公司共事過許多次，與我之間也有不錯的交情。

「妳要來是無所謂……不過至少前一天，不，就算是當天也好，希望妳能先告知我一聲。」

我一邊端出用「Dolce Gusto膠囊咖啡機」泡的咖啡，一邊說。

「哪有人會在平日的大白天，沒有事先約好就登門造訪的。」

「抱歉喔，因為我無論如何都想見見妳驚訝的表情。」

狼森小姐聽起來像在道歉，實際上卻毫無悔意。

唉，這個人真的是一點都沒變。

總而言之就是超級我行我素。

從以前到現在，我都不曉得被她的突發奇想耍過幾次了。

「不過，我們真的是好久不見了耶，歌枕。」

狼森小姐拿起杯子，感慨萬千地說。

「大概有半年沒見了吧？」

「……就是啊。雖然因為幾乎每天都會通電話，所以感覺沒有隔很久就是了。」

「哈哈哈，這倒是。」

「燈船股份有限公司」。

狼森夢美原本是大型出版社的王牌編輯，後來獨立創建了這家公司。公司的業務內容非常多樣，實在很難向他人說明……像是電玩遊戲、動畫、輕小說等等，總之跨足各式各樣的娛樂事業。

我是在十年前進入公司，如今依舊勉強以員工身分在職中。

只不過，我多半都是在家工作。

雖然偶爾也有非外出不可的時候，不過基本上都是在家用電腦作業，靠著電話和電子郵件完成絕大多數的溝通協調。

所以，我們很久沒有見面了。

唉……她還是一樣都不會老，真教人羨慕。我想，應該沒有人會認為她已經四字頭了吧。若是加把勁，說不定還有人會以為她才二十幾歲。

「一陣子不見……歌枕，妳好像稍微變圓了耶。」

狼森小姐以若有所思的口吻說道。

「咦……變圓？」

「是啊。要怎麼說，感覺妳整個人都長肉，變得圓滾滾了。」

「原來妳是在說體型？」

不是指精神思想上變圓滑？

不是比喻手法，而是直白地說我變圓長胖？

「……狼森小姐，即便是女上司，提及個人的隱私部分就算是性騷擾，也是職權騷擾了。單憑妳剛才那番話，我就可以將妳告上法庭喔……？」

「我、我開玩笑的啦。真是的……妳還是一樣不留情面耶。」

瞬間露出膽怯的神情後。

「我不是在說體型，而是指妳散發出來的氛圍。雖然妳本來就不是那種渾身帶刺的人……但總覺得妳現在的舉止、氣息，又變得比以前更文雅、更有女性魅力了。」

狼森小姐這麼說。

一邊用彷彿要將人看穿的眼神，注視著我。

「看來，女人果然只要談戀愛就會變美呢。」

「啥……我、我又沒有在談戀愛……」

「呵呵，沒什麼好害羞的啦。」

「我才沒有在害羞！再說……氛圍改變這種事情是確認偏誤啦！只是因為妳已經做出我正在談戀愛的這個結論，才會產生那種錯覺……」

「哈哈哈，也許吧。」

我拚命地反駁，她卻隨隨便便就敷衍過去。

「好吧，歌枕，關於妳有沒有在談戀愛這件事我就先不下定論，不過——現在確實有一個人愛上妳了，對吧？」

「…………」

「那位傳說中的左澤巧，現在在哪裡做什麼？」

「……他、他現在應該在家。他早上告訴美羽，說他今天不去大學上課……因為他要修的那門課停課，所以要待在家裡寫作業。」

「喔，那真是太剛好了。」

狼森小姐露出意味深長的笑容。

「歌枕，機會難得，我們來訂壽司吧。」

當然——是三人份。

她補上這麼一句，臉上泛起獰笑。

♠

只能以青天霹靂來形容。

『阿巧，你吃過午餐了嗎？』

『是還沒有……』

『那你要不要來我家一起吃壽司？』

『可以嗎？我是很高興啦，不過，為什麼這麼突然？』

『因為發生了一些事……總之我家來了一個怪人，如果你不嫌棄的話就來吧。』

於是，我接受如此唐突且神祕的邀約，前往隔壁的歌枕家——在那裡等著我的，是表情侷促不安的綾子小姐，以及看起來相當昂貴的三人份壽司。

還有。

「哎呀，幸會啊，左澤巧。」

一名渾身散發野性氛圍的套裝美女。

「來來來，別呆呆地站著，快坐下吧。」

「……好、好的。」

她簡直把這裡當成自己家一般，以落落大方的態度催促我就座。由於她命令的口氣太過自然，我於是反射性地聽從她的話。

「那麼，就為了我們三人的相遇、健康和活躍獻上祝福——乾杯。」

坐在對面沙發上的女性自顧自地帶頭乾杯，眼見綾子小姐配合她，我也連忙舉起桌上的杯子。

「對了，左澤，你喜歡吃壽司嗎？有沒有討厭的食材？」

「呃……還、還算喜歡，也沒有特別討厭的食材……」

「這樣啊，那真是太好了。因為我討厭鮭魚和鮭魚卵以外的壽司，所以為了表示友好，其他東西就都給你吃吧。」

「咦？啊……」

「怎麼？不用客氣。你還年輕，要多吃一些。」

她一說完，立刻就把鮭魚和鮭魚卵以外的壽司夾給我。

這個壽司明明看起來如此昂貴。

卻只喜歡鮭魚和鮭魚卵，口味簡直就像小孩子——不對，這種事情一點都不重要。

等一下。

這個人是誰？

雖然她渾身散發出好強的氣勢，態度又這麼親暱，不過她究竟是誰？

「抱、抱歉喔，阿巧……突然把你叫出來。」

坐在隔壁的綾子小姐，一臉內疚地對困惑的我說。

「我其實有說過不要了，但就是拒絕不了她……」

「沒關係，我完全不在意……不過，這位是？」

「呃，她是——」

「喔喔，對了，我還沒有自我介紹呢。我的身分是這個。」

女人打斷綾子小姐的話說完後，便暫時放下筷子，從套裝口袋取出名片。

儘管她是坐著隨意地遞給我，我還是姑且站起來用雙手接過。

呃，這樣子接收名片應該可以吧？

「我姓狼森，名叫夢美。是個只想每天開心度日的……這個嘛，算是遊戲人間的女人。」

隨興地自我介紹完之後，又再度低頭開吃的女人——狼森小姐。

受到奇妙的壓迫感震懾，我望向名片，不禁愕然。

「『燈船股份有限公司』，代表董事社長……咦？社長？」

我反射性地抬頭注視狼森小姐，然後望向綾子小姐。

「『燈船』不就是綾子小姐工作的公司……」

「……是啊。」

「這麼說來，這個人……是綾子小姐公司的社長……」

「…………就、就是這麼回事。雖然我也不願意就是了。」

綾子小姐一臉複雜的表情。

我再次定睛凝視狼森小姐。我以前都不知道，綾子小姐工作的公司社長，居然是如此豪放磊落的美女。

「頭銜這種東西沒有意義。我只是因為成立了公司，才不得已當上了社長。其實我對這個身分毫無執念，甚至還想馬上把位子讓給後進哩。歌枕，妳覺得如何？要不要代替我當社長？」

「即便是開玩笑，也請妳不要說這種話。因為我們公司可以說是靠著狼森小姐的人脈和名聲在運作的。」

綾子小姐傻眼地回應對方認真程度不知有多高的發言。從兩人的對話氣氛來看，可以感覺出她們似乎已相識許久。

「好了，既然也自我介紹完了——左澤。」

快速地只把鮭魚和鮭魚卵吃掉之後，狼森小姐邊喝茶邊向我說道：

「聽說你很迷戀歌枕？」

「噗！」

我將口中正在咀嚼的壽司噴出來。若是一個不小心，壽司可能就會跑進奇怪的地方，害我噎到。

「妳、妳怎麼會……」

「呵呵，沒什麼好隱瞞的啦。因為我已經從歌枕那兒聽說大致的情況了。」

「喂，狼森小姐……！啊啊……抱、抱歉喔，阿巧……呃，那個，因為我有時會向狼森小姐請教一些私人的話題，所以……」

綾子小姐神色慌張地解釋。

看來，這件事情狼森小姐已經知道了不少。

「所以，到底是怎麼樣？」

「……這個嘛，我、我的確是很迷戀她。」

「阿、阿巧……真是的……」

雖然心裡害羞得要命，但是面對探出身子、以嗜虐笑容追問的狼森小姐，我也只能坦誠以告。不只是我，連一旁的綾子小姐也是非常難為情的樣子。

「呵呵，這樣啊。那真是再好不過了。」

我們兩人面紅耳赤，反觀狼森小姐卻神情愉悅。

「不過……你還年輕對吧？我記得你好像是二十歲？年紀輕輕，居然會喜歡歌枕這樣的女性……」

她用充滿好奇心的眼神注視著我。

「莫非你喜歡熟女？」

「噗噗……咳咳咳咳！咳咳！」

這一次，壽司真的跑進奇怪的地方，害我徹底噎到了。綾子小姐代替無法回答的我，粗聲嚷嚷。

「啥……妳、妳在胡說什麼啊，狼森小姐！」

「現在可是二十歲的青年，迷戀上比自己年長超過十歲的三字頭女性喔？既然如此，能夠想到的可能性就只有一個，那就是青年喜歡熟女。」

「……簡而言之，妳的意思就是我是熟女？」

「妳是熟女沒錯啊。」

「我、我才不是熟女！我還不算啦！」

不顧綾子小姐拚命地反駁，狼森小姐依然故我。

「哎呀左澤，喜歡熟女沒什麼好可恥的啦。因為現在『熟女』在男性向的成人界，可是相當受歡迎的類別。有特殊癖好根本沒什麼大不了的。」

「……呃，我並沒有喜歡熟女的嗜好。」

我一面調整呼吸，一面說。

「啊，不對……說不定我也沒有不喜歡熟女？對不起，連我也不是很清楚自己到底喜不喜歡。」

「嗯？不清楚？這是你自己的喜好耶？」

「話是這麼說沒錯……可是，因為我沒有喜歡過綾子小姐以外的女性，所以也沒有思考過自己對於女性的偏好——心裡一直都只想著綾子小姐的事情。」

「…………」

「即使和朋友聊到那方面的話題，我腦中浮現的還是只有綾子小姐一人……感覺像是唯有綾子小姐，才是我對女性唯一的喜好——咦？奇怪？」

不經意察覺到時，現場氣氛已經變得十分詭異。

綾子小姐滿臉通紅地低著頭，向我問話的狼森小姐也露出尷尬的表情。

「我說歌枕啊……妳可真的是被痴情男子給迷上了耶。」

「……不、不要管我啦。」

「呵呵！我真是服了你了。原本想嘲弄你一番的，結果卻有種被反將一軍的感覺。居然有辦法讓本小姐我啞口無言……左澤，你這個男人可真是不得了。」

雖然不懂究竟怎麼回事，不過她對我的評價似乎提升了。

「哎呀呀，真可惜啊。我本來還在想，如果你只是單純喜歡年長女性，我就要當你的女友候選人呢。虧我這個大姊姊原本還想手把手教導你歌枕所沒有的、成熟女人真正的魅力。」

「……狼森小姐，妳已經不是大姊姊的年紀了吧？」

「所謂大姊姊看的不是年紀，而是心態。」

「叫人家熟女，自己卻自稱大姊姊，妳也太奸詐了吧。妳明明就是比我還要熟女的四十二歲！」

「四、四十二歲？」

我忍不住驚呼，目不轉睛地盯著狼森小姐的臉。

不會吧？

我還以為她只有三字頭……不對，說不定只有二十多歲、不到三十歲哩。

「妳完全看不出來有四字頭耶。我還以為妳要更年輕一些。」

「謝謝誇獎。就算是客套話，我也很高興聽到你這麼說。」

「不，這不是客套話，我是說真的……因為第一眼見到妳時，我就以為妳的年紀比綾子小姐來得小。」

我在吃驚之餘脫口而出——之後隨即猛然一驚。

糟糕。

剛才不該那麼說的！

總覺得我剛才犯了非常嚴重的失言……！

「……是喔。」

應該說果不其然嗎？

方才尷尬的氣氛，這下瞬間凍結了。

隔壁的綾子小姐背後，瞬間蒙上鬱悶沉重的陰影。她的眼中儘管也流露出些許怒氣，然而逐漸籠罩她全身的卻是更加深沉的絕望。

「……喔，是這樣啊。原來我看起來比四十二歲的人還要老……原來阿巧你是這樣想我的……」

「不，不是的！綾子小姐也非常年輕喔！只不過，我……我是因為已經知道綾子小姐的年紀……才會拿妳的實際年齡和狼森小姐的外表年齡做比較……」

「……呵呵呵！啊哈哈哈！真是不好意思喔，歌枕。」

和拚命緩和僵局的我形成對比，狼森小姐張口大笑。

看起來打心底感到愉悅的她，以極度挖苦的語氣說下去。

「哎喲，真是教人羨慕極了。大概是別人經常以為我很年輕吧，害我在人前一點威嚴都沒有，我真是由衷羨慕外表看起來和年齡一樣老的妳呢。可以請妳教我怎麼讓自己有威嚴一點嗎？」

「——！……狼、狼森小姐會沒有威嚴，問題應該是出在妳缺乏常識的言行舉止，和與年齡不符的行為！」

「而且身材好像也是我比較好。因為我和懶惰的妳不一樣，我可是一週會去健身房三次鍛鍊肉體。」

「……單、單親媽媽要做家事又要煮飯，可是很忙的！和妳這種離過三次婚，每天活得悠遊自在的人不一樣！」

「話說回來，剛才是迷戀妳的男人說『我看起來比較年輕』喔？既然是在相當有利於妳的條件下產生這樣的結果，那麼也就是說，以一般世人的觀點來看，我的外表要比妳年輕多了。」

「……這、這可難說！阿巧也有可能其實超愛熟女，才會在腦中擅自把我看得很老！」

因為我的失言，兩位女性展開了互不相讓的對決。

而我則是被懷疑有超愛熟女的癖好。

「喔，看來妳好像不肯退讓呢。」

「那當然！」

「好吧，既然如此——那就來對決吧。」

狼森小姐帶著不懷好意的笑容，對咬牙切齒的綾子小姐說。

「咱們就來一場正面對決，看看究竟妳和我誰看起來比較年輕。」

「對決……？要怎麼對決？」

「嗯，我想想……妳覺得這樣如何？」

狼森小姐露出奸險無比的笑容說道：

「其名為——『做出要是不年輕就會很尷尬的打扮，由適合的人獲勝』對決。」

比賽的規則非常簡單。

一如其名——就是做出一把年紀還穿會有點丟臉的打扮，穿起來適合或是還不會覺得尷尬的那一方獲勝。

勝負則是交由評審做出判決。

不用說——評審當然是我。

……被捲進來了。

我被捲入不可以扯上關係的對決了。

好、好不想當評審啊。

雖說是我不經意的一句話造成這種局面，不過當這場比賽的評審實在讓人心累。

「綾、綾子小姐……」

「你放心啦，阿巧。」

對決之前，聽見我的呼喚，綾子小姐用緊張到發抖卻充滿決心的聲音這麼說。

「我絕對不會輸的。」

「…………」

呃，不是啦，我只是想拜託妳，可不可以停止這種最後誰也不會得到幸福的比賽而已。只是希望妳能恢復冷靜與理智罷了。

看樣子，這場女人之間的對決已經是阻止不了了。

「……唉，事情怎麼會變成這樣？」

單獨被留在客廳的我深深嘆息。

她們兩人正各自換裝，做出「要是不年輕就會很尷尬的打扮」。

綾子小姐是從家中翻找，狼森小姐則好像打算以碰巧放在公事包裡的合適服裝來應戰。

究竟她們兩人想要打扮成什麼樣子呢？

「——阿巧，我要進來嘍。」

率先換好衣服來到的，是綾子小姐。

客廳的門被猛然打開。

見到站在那裡的她——我完全說不出話來。

是女高中生。

不對……不是女高中生。

以女高中生來說，她整個人散發出來的氛圍有點太成熟了。

制服外套配上襯衫、百褶裙——那是只被允許出現在十多歲女孩子身上的聖域，是青春的象徵。而綾子小姐穿著那樣的服裝……害羞到面紅耳赤。

然而大概是為了贏得比賽吧，她還稍微擺了姿勢……結果再度讓人有種不忍直視的感覺。

「怎、怎、怎麼樣？我扮成女高中生……還可以吧？」

「…………」

「……吶，阿巧……拜託你不要什麼話都不說，不要沒有反應好不好？你那種倒胃口似的反應……會讓人好想現在立刻就衝到馬路上給車撞……」

「咦？呃……」

正當我為了三字頭女性的女高中生裝扮震驚無語，綾子小姐用感覺隨時都會哭出來的表情向我哀求。

因為要是她真的去給車撞就麻煩了，我於是趕忙擠出感想。

「那個，要、要怎麼說……太、太過——」

「太過頭了？嗚嗚，嗚啊啊……說、說的也是，其實我早就知道了啦。穿成這樣不管怎麼想都太過頭……畢竟是三字頭的女人硬扮成女高中生嘛……生而為人，我真的很抱歉……」

「不是的！我不是要說太過頭！我只是想說衣服『太過緊了』而已！」

眼見綾子小姐快要被絕望徹底擊潰、再也無法振作，我趕緊連忙更正說詞。

「那是……美羽的衣服對吧？」

聽了我的問題，她微微點頭。

那套制服果然是美羽的。襯衫和裙子應該是備用品。至於外套，大概是因為現在這個季節不會穿，才會在美羽在校的這個時間正好出現在家裡。

「尺寸……沒問題嗎？」

「沒、沒問題啦……因為我現在很用力地在縮小腹。」

「那樣不叫做沒問題……」

「有什麼辦法嘛！穿起來就是很緊繃啊！話說回來，都要怪美羽太瘦了啦！她的腰為什麼那麼細啊！」

綾子小姐惱羞成怒。

她本人似乎很在意腰圍的問題，我在意的卻是更上面的……胸部。兩團隆起將襯衫撐到繃到不能再繃，感覺鈕扣隨時都會彈開來。

好、好驚人……

緊繃到襯衫都快炸開了……

「阿、阿巧，我問你……你覺得如何？快告訴我你真實的感想……這副打扮適合我嗎？我看起來像女高中生嗎？」

儘管綾子小姐對我苦苦逼問，然而這個問題實在很難回答。

「呃，要怎麼說呢……就某個層面來說很適合。」

「就、就某個層面？」

「呃，因為……如果說是女高中生確實有點勉強，會給人很強烈的角色扮演感……不過，從角色扮演的角度來看的話就非常適合。」

「……你這是在稱讚我嗎？」

「算是……」

我沒有說謊。綾子小姐的制服裝扮……總覺得會讓人看著看著，心情就變得很不平靜。強烈的悖德感和禁忌感讓人都快頭暈了。

雖然就各方面而言都很尷尬……不過那種尷尬卻令人上癮。

「我覺得妳非常有魅力。」

「……嗚嗚，這話讓人一點都高興不起來。」

儘管嘴巴上這麼說，她看起來還是有點開心。

她似乎偷偷暗爽在心裡。

說真的……這樣暗自竊喜的綾子小姐好可愛啊。雖然會讓人覺得「這個人都一把年紀了還在做什麼啊」……卻也好惹人憐愛呢。

於是，我又再次確認了綾子小姐的魅力（？）──就在這時。

「喔喔，是女高中生。」

狼森小姐的聲音響起。

她好像換好衣服，回到客廳了。

「呵哈哈！原來如此，是美羽的制服啊。居然扮成女高中生……歌枕，我真是服了妳了。見到妳如此認真地看待這種胡鬧的比賽，我實在是深感欣慰。因為我從十年前開始，就一直好喜歡妳那種老實又憨直的個性。」

我和綾子小姐望向客廳的門──雙雙愕然。

見到狼森小姐的裝扮，我們不由得深感錯愕。

「啥……為、為什麼……」

綾子小姐的聲音顫抖。

「為什麼──妳沒有換衣服？」

一如她所言，狼森小姐──還是跟剛才一樣穿著套裝。

和她離開客廳的時候一模一樣。

「妳不是應該要去換上妳碰巧帶在身上，適合參加這次比賽的『要是不年輕就會很尷尬的服裝』嗎……」

「嗯？喔——我騙妳的啦。」

狼森小姐這麼說。

滿不在乎地。

真的是滿不在乎。

「我身上怎麼可能剛好有那種奇怪的衣服呢。呵呵呵，倒是妳居然會相信那種粗糙的謊言。」

「…………」

「不過當然啦，這場比賽算是我輸了。我真是徹底敗給妳了呢，歌枕，沒想到妳居然會不惜做出如此犧牲的打扮。哎呀，好尷尬，真的超尷尬……呵呵呵！這副打扮很適合妳喔…………哈哈哈！」

狼森小姐再也克制不住，放聲大笑。

看來，這場比賽從頭到尾都在她的掌控之中。

而我們從一開始，就被迫陪她進行這場惡作劇。

贏了面子卻輸了裡子的綾子小姐失神地癱坐在地。

「…………我、我不要再理這個人了啦啊啊啊啊！」

含淚慘叫。

面對嚎啕大哭的三字頭女高中生，我什麼話也說不出口。

♥

我有好一陣子都站不起來……但是想到一個三十多歲的女人以這副打扮哭泣未免也太難看，於是便努力振作，回到自己位於二樓的房間。

「呵呵！好了啦，妳也該消氣了吧，歌枕。」

我正把身上的制服換到一半，狼森小姐就進到房裡。

「我跟妳道歉好不好？抱歉、抱歉。呵呵呵！」

「請妳不要笑著道歉！」

我一邊把襯衫脫到只剩胸罩，一邊怒吼。

啊啊……襯衫上都布滿皺褶了。抱歉喔，美羽，請原諒我，我會幫妳燙平的。

「我這次是真的生氣了！除非妳給我現在的兩倍薪水，否則我絕不原諒妳！」

「喔，好啊。兩倍是吧？嗯，我知道了。我會安排妳從下個月開始調薪。」

「…………拜託不要，不然我會被會計金森和其他人罵的。」

「什麼嘛，妳很不乾脆耶。」

真受不了……

這個上司究竟是怎麼搞的？

為什麼我們公司的社長會是這種遊戲人間的傢伙？

「好了啦，反正就結果而言挺好的呀。因為妳成功在出乎預料的情況下，讓左澤看見妳的制服裝扮。假使他有古怪的癖好，他現在對妳的好感度八成正急速上升喔。」

「……好感度以這種形式上升，讓人一點都開心不起來。」

「嗯？意思是，好感度上升這件事本身讓妳很開心嘍？」

「妳……妳不要挑我語病！」

我強行打斷對話。

因為感覺要是再說下去，真心話會不斷地被她挖掘出來。

連我自己都沒察覺，埋藏在內心深處的真心話也是。

「呵呵！歌枕，欺負妳還是一樣好玩耶。」

狼森小姐愉快地說完，舉起雙手伸了個懶腰。

「嗯～不管怎樣，今天來找妳玩真是太值得了。因為既見到了妳的緊繃制服裝扮，又見到了我想見的左澤。」

「……妳的目的果然是阿巧嗎？」

「是啊。畢竟對方有可能成為歌枕妳的老公，我怎麼能不親自品評一下呢。」

「妳、妳在說什麼啊。我們……又還不知道會怎麼樣。」

「哎呀，對喔對喔。妳們現在正在享受朋友以上、戀人未滿的最快樂時期嘛。」

「唔唔……」

因為不管說什麼都會被虧，所以我也只能暗自苦吟。

狼森小姐對著那樣的我嘻嘻訕笑。

「不過嘛——」

接著忽地斂起笑容，以夾雜著嘆息的語氣說道：

「——勸妳最好別跟他在一起。」

冷淡的口吻中，流露出嘲弄和已然看破的意味。

「咦……」

「我是因為妳一副很慌張的樣子，才想來看看他是什麼樣的男人……然而坦白說，真是不如預期啊。無論怎麼看，他都只是一個隨處可見的平凡大學生。」

狼森小姐以有些瞧不起人的語調，淡淡地說下去。

「長相確實不差，但也不是令人驚豔的美男子……而且因為是大學生，所以完全沒有經濟能力。更別說還跟父母同住，名下也沒有車子。我完全可以理解，妳之前說無法將他視為男人的心情。除非是真的喜歡小鮮肉的女性，否則他根本不值得三十幾歲的女人和他來往。如果只是玩玩那還好，但他恐怕不是可以長久交往的對象。」

她帶著輕蔑的笑意接著說。

「而且……他這個人也不太可靠。既不起眼，又不引人注目，在重要的約會當天感冒這一點也是大扣分。世上沒有比在關鍵時刻失敗的男人更沒出息了。再說，他悶聲不吭地單戀妳十年之久，這樣已經不是專情，而是有點噁心了。我看他根本就有跟蹤狂傾向吧。」

然後又繼續說下去。

「世界上比他更好的男人多得是，要不要我幫妳介紹？憑妳的條件，有錢的好男人要多少有多——」

「——狼森小姐。」

嘴巴擅自動了起來。

「妳要是再侮辱他，我真的要生氣了。」

聲音顫抖到——連我自己都不敢相信的地步。

怒氣。

強烈的怒氣在我心中沸騰，聲音和身體都不住顫抖。

「請妳更正剛才的發言。阿巧才不是什麼不可靠的男人。他是個認真、老實、善良，而且非常可靠的男人。」

我狠狠地怒瞪。

瞪著自己的上司，自己任職的公司社長。

這是我進入公司以來，第一次如此不客氣地和狼森小姐說話。

「收養美羽的這十年來……他的存在不知給了我多少鼓勵。」

一瞬間，往事掠過腦海。

與美羽共同生活的這十年——時時刻刻都有阿巧的陪伴。

他總是陪在我身旁，支持著我——

「雖然連我也是最近才發覺……不過每當我遇到困難，最先聯絡的對象——總是阿巧。」

連我自己也一直沒有察覺。

因為將一切太視為理所當然，所以直到現在才發現。

「當我因為工作的關係而讓美羽獨自在家時，每次都是阿巧來陪美羽玩……他還總是幫忙我為過節做準備，就連美羽考試的時候，阿巧的態度也比我還認真……」

例子可說是不勝枚舉。

我受他幫助的回憶多到快要滿出來。

「他是我所認識最可靠的男人。」

「…………」

「的確，他或許是沒有經濟能力……但、但這有什麼辦法呢，畢竟他還是大學生啊！不過，他的將來無可限量！阿巧以後一定會找到好工作，成為有錢人！這一點我非常清楚！就連他的長相……我、我也很喜歡！阿巧明明就很帥啊！而且身材也因為以前有在游泳，所以非常精實！完全就是我的菜！」

「…………」

「還有——他單戀我長達十年的事情……我一點都不覺得噁心。一開始我是很驚訝、困惑沒錯……可是現在，為他的專情感到開心的心情反而更加強烈。他居然喜歡我這種人，喜歡了整整十年……」

「…………」

「總、總之，阿巧是個很棒的男人！妳要是再說他壞話，就算是狼森小姐，我也絕不原——」

「……噗！呵呵，啊哈哈哈哈！」

就在我激動大喊時，狼森小姐忽然噴笑出來。

「啊哈哈。這樣啊、這樣啊。既然如此——」

狼森小姐露出喜不自勝的愉悅笑容，把手放在房門上。

「──妳就把這些話說給他本人聽啊。」

接著猛然開門，迅速伸手──將房間外面的人一把拉進房內。

「咦……阿、阿巧？」

我不禁驚呼。

被拉進房裡的阿巧一臉無地自容的表情。

「對、對不起，我……因為妳遲遲不下樓，我實在不放心，於是就過來看看情況……結果，妳們突然就說起讓我不好意思進來的話題……」

「呵呵呵。左澤，你可真是個壞孩子，居然偷聽女人間的祕密對話。」

和嘴裡說的相反，狼森小姐臉上浮現由衷感到愉快的笑容。

神情好比俯視落入圈套的獵物一般愉悅。

「狼、狼森小姐，妳該不會從一開始就知道阿巧在外面吧……」

「我聽腳步聲就大概知道他在哪裡了。」

她非但沒有感到抱歉，反而還一副誇耀的口氣。

被擺了一道。

我又被騙了。

憑著腳步聲知道阿巧來到二樓的狼森小姐，算好時間對我設下了圈套。

她故意說那些話激怒我，讓人在門外的阿巧聽見室內的對話。

因為她早就料到我會如何反駁了。

「呵呵！雖說是謊言，不過說了那麼多過分的話，真是抱歉啊。呃——」

她把手放在阿巧肩膀上，邊道歉邊朝我一瞥。

「——這位認真、老實、善良，而且非常可靠的男人阿巧。我沒說錯吧？」

「〰〰！」

好故意！

這個人超故意的！

唔哇啊啊～～！好丟臉！我究竟都說了些什麼啊？我好像因為太氣了，結果就亂說一堆丟臉的話！

「不、不是的，阿巧！剛才那只是……我和她在你一言我一語地互嗆……不、不是我的真心話……雖然也不能這麼說，不過，那個……」

「沒、沒關係!我都明白!」

我們倆一起羞紅了臉。

「哈哈哈!左澤和歌枕,你們兩個真的好清純、好可愛喔。」

狼森小姐一個人愉快地這麼說,一邊背對我們走出房間。

「那麼,我差不多該回去了。畢竟我已經欣賞夠多你們的年輕氣息和青澀模樣了。」

「咦……啊……」

「盡情地享受青春吧,歌枕。」

走下樓梯的狼森小姐像是要制止我送行似的,只回過頭來這麼說道:

「『青春不是人生的某個時期,而是一種心態』——這是美國詩人塞繆爾・厄爾曼的名言,也是我的座右銘。」

這一點——我非常清楚。

因為那首詩被當成社訓,大大地貼在「燈船」社長室的牆上。

不只是知名的開頭部分,而是寫出整首詩的全文。

「無論到了幾歲，只要盡全力去歌頌人生，人的靈魂便不會衰老。所以歌枕，無論工作還是愛情，都盡情地去品嘗享受吧。把年齡當成裹足不前的理由，這對妳而言還太早了。」

自顧自地說完想說的話後，狼森小姐露出滿足的笑容，噠噠地走下樓。然後拿起擺在玄關的公事包，離開我家。

我和阿巧只能默默地目送她颯爽離去的背影。

真的是……完全被她壓制住了。

「狼森小姐這個人真是不、不簡單呢。」

「……就是啊。」

我半稱讚半挖苦地表示贊同。

結果，我們自始至終都被狼森小姐牽著鼻子走。一切都掌握在她手裡，我們不過是被她戲弄的玩偶罷了。

實在是……真是個麻煩的社長。

旁若無人、傲慢不馴，無論對金錢還是愛情都粗枝大葉、不拘小節。不管到了幾歲，依舊是那副孩子王般的性格，好比「隨興」和「沒常識」穿上衣服在街上走的人——然而。

就是因為沒辦法討厭她，才真正令人感到困擾。

不管怎麼說，我心裡還是很感謝她。

對她的感謝之意可以說道也道不盡。

因為身為新員工卻突然成為單親媽媽的我，之所以能夠做想做的工作直到今日，一切都是多虧狼森小姐的幫助。

「對不起喔，阿巧，把你捲進我們社長的惡質遊戲中。」

「……不會，我、我完全不介意。」

阿巧紅著臉移開視線。

「嗯？你怎麼了？」

「呃，那個……綾、綾子小姐。」

阿巧吞吞吐吐地說。

「我在想，妳差不多——該穿件衣服了。」

「咦？…………呀啊！」

我緩緩將視線往下移，確認自己的樣子，結果發出慘叫。

沒、沒穿！

下半身依舊是制服裙……然而上半身居然只有胸罩。

唔哇啊……完、完蛋了！都是因為狼森小姐在我換衣服的途中，說了那些瞧不起阿巧的話，害我停下手來激動地反駁──之後就一直是這副模樣！

只穿了胸罩！

「我的天啊……嗚嗚，阿巧，你怎麼不早說……」

「對、對不起，因為一直沒機會說……啊！我去幫妳拿上衣。」

我蹲在地上，目送跑走的阿巧。

難不成──這也是狼森小姐的詭計？

她預料到會發生這種事，於是選在我開始換衣服的瞬間執行作戰計畫──

唔～啊～討厭！

我果然超討厭那個人！

第五章
作戰與意圖

♠

平日的傍晚——

大學的課程結束之後，我和聽也約在車站前的咖啡店碰面。主動邀約的人是我，場所則由對方決定。

「總之……這個給你。」

我們兩人點了咖啡後，我將信封遞給坐在對面的聽也。

「這是什麼？」

「前陣子我感冒臥床那天……我不是請你代替我去預約好的餐廳嗎？」

上星期本來要去的約會——依照預定計畫，我和綾子小姐應該要在行程的最後，在欣賞得到夜景的餐廳共進晚餐。那是聽也告訴我的、氣氛很好的義式餐廳。那家店據說雖然不是非常高級，但還是有套餐之類的料理，因此也很受到上班族女性的歡迎。

可是一如大家所知，約會因為我感冒而延期了。

當天早上我聯絡聰也，請他和女友代替我們去那間事先預訂好的餐廳用餐。

「裡面是兩人份的餐費，收下吧。」

「咦……不，我不能收。你為什麼要給我錢？」

「因為是我請你代替我去，付錢是應該的。多虧有你，最後才沒有給店家添麻煩。」

「不不不，這種小事你不用放在心上啦。況且我和小凜也吃得很開心，巧你完全不需要在意這些。」

「可是……你花了不少錢吧？」

「是花了不少錢沒錯……嗯～好吧，既然你這麼說，不然我只收你一半的錢就好。全部都收下總覺得怪不好意思的。」

聰也從信封取出一半的錢，剩下的則還給我。由於再繼續強迫他接受我的心意也不太好，於是我收下信封。

「巧，你這個人真的很有規矩耶。我原以為你今天也是想找我商量約會的事，沒想到居然是為了這個。」

他以不可置信的口氣這麼說。

「延期的約會改到這個週末了，對吧？」

「是啊。」

我和綾子小姐聯絡了好幾次，最後敲定這個週末再次約會。

「不過，關於約會計畫……我想這次就不找你商量了。因為對方一再地叮嚀我『不要勉強』。」

在決定約會日期的階段，綾子小姐再三地對我這麼說：

『阿巧，你聽我說……你願意為了我而努力，我真的感到非常開心……可是你千萬不要太努力喔，因為要是你又感冒就糟糕了……總之你絕對不要勉強自己。』

『還有，租車只會浪費錢，當天開我的車就好了。如果需要的話，到時由我來開也可以……』

對於我因為太勉強自己而搞壞身體這件事，綾子小姐似乎相當掛心。

唉，我真的好遜。

明明想討對方歡心，卻反而讓對方為我擔心。

「這樣啊。嗯，其實我也能夠理解綾子小姐的心情啦。巧你愈是努力，反而可能讓她顧慮得愈多。」

「……我真沒用。明明是為了讓她把我當男人看而努力，結果卻反倒讓她把我當兒子一樣操心。」

她現在究竟對我是什麼感覺呢？

討厭我——我想應該沒有這回事。

儘管無法斷言這樣的想法不是自作多情——不過，我想綾子小姐恐怕並不厭惡我。

甚至應該還懷有近似好感的感情。

只不過，那份好感是把我「當成兒子」還是「當成男人」，我就不知道了。

又或者——說不定連綾子小姐自己也搞不清楚。

她對我的情感，或許正處於無法明確地區分開來，曖昧不明、界線模糊的漸層狀態——

「好了好了，你別自責了。說起來，其實這次我也犯了一些失誤。都是因為我向你提議適合大人的約會計畫，才會讓你承受那麼大的負擔。」

「所以……」聽也接著說。

「這次——我請來了一位特別顧問。」

「顧、顧問……？」

「嗯。對方是這個世界上，最瞭解你和綾子小姐的人。」

「…………」

「因為我以為你今天也是想找我商量約會的事，所以就順便把那人也找來了。我也和對方約在這裡——啊！說人人到。」

聽也朝店的入口揮手。

這個世界上，最瞭解我和綾子小姐的人？

那人會是誰呢？

我滿腹狐疑地循著他的視線望去——頓時明白了。

「啊！嗨嗨～」

注意到這邊、朝我們揮手的人，是我非常熟悉的人物。

綾子小姐的女兒——歌枕美羽。

「好久不見了，聰也哥。你還是一樣帥氣呢。」

「謝謝，美羽妳也一樣是美少女呢。」

「啊哈哈，謝啦～」

輕鬆地打過招呼後，美羽轉身面向我。

「巧哥好。從今天早上到現在，我們快一天不見了。」

「美羽……」

啊啊，原來如此。

這名少女的確堪稱是這個世界上，最瞭解我和綾子小姐的人。我也能理解稱她為特別顧問的聰也意圖為何。

可是。但是。

「那麼我先去買個飲料喔～」

美羽前往收銀台之後。

「……喂。」

我往前探身趴在桌子上，小聲地說。

「聽也，你……為什麼找美羽來？」

「哪有為什麼，因為我覺得她很適任啊。既然你想攻陷綾子小姐，詢問她女兒美羽的意見不是最直截了當？」

聽也不以為意地回答。

「我反而覺得奇怪，你為什麼——不會想去依賴美羽？」

「這是因為……」

一陣沉默後，我嘆著氣道出原因。

「……因為覺得尷尬啦。」

「尷尬？」

「你不覺得……對心上人的女兒說『我要怎麼做才能和妳母親交往？』向對方尋求建議……這樣很令人難為情嗎？」

「…………」

「再說……假使一切發展順利——我和綾子小姐得以交往，最後決定要結婚……美羽就會變成我女兒耶？要是我現在這個階段老是依賴美羽，到時我成為她父親就一點威嚴都沒有了。」

「……啊哈哈，原來你是為了顧及自己奇怪的尊嚴啊。」

聽也啞然失笑。

其實我自己——也覺得很倒胃口。明明連能否交往都還是未知數，卻早早預想結婚後的事情，自顧自地感到不安。

就算要打如意算盤也未免太早了。

但是。

我不能不去想。

因為我所喜歡的女性有一個寶貝女兒。

我認為，連與對方的孩子的將來也考量進去，是一個愛上單親媽媽的男人所應具備最低限度的禮儀。

「你們兩個在竊竊私語什麼？」

買好飲料的美羽回來，坐在我旁邊。

「不過我大概可以猜到啦。」

喝了一口上面擠滿鮮奶油的焦糖瑪奇朵，她傻眼地說。

「反正巧哥一定是不希望我幫忙對吧？」

「…………」

「唉，果然如此。」

見到被說中的我無言以對，美羽大大嘆了口氣。

「好吧，其實我也能理解你不想依賴我的心情，所以我才會直到今天都沒有特別跟你說什麼。」

「但是……」她接著說。

用帶著同情和憐憫的眼神看著我。

「約會因為你感冒而取消的時候……我真的超級失望，所以我覺得自己不能再沉默下去了。」

「……那還真是多謝妳的好意了。」

由於被戳中痛點，我只能移開視線酸溜溜地這麼回應。

「那麼，就決定讓美羽來幫忙了。事不宜遲，現在就開始作戰會議吧。關於這個週末的約會……」

聽也拍拍手轉換話題，接著說下去。

「雖然是有上一次的計畫……不過因為不太吉利，我覺得還是避開比較好。我個人是認為應該徹底重新構思。」

「……好像有道理。」

我點頭回應。雖然對幫忙出主意的聽也很不好意思……不過再次採用上次的計畫實在讓人有所顧忌。

一方面覺得不太吉利，二來就是綾子小姐已經知道部分內容了。然後最重要的是——她吩咐我「不要勉強」。

所以，儘管我心裡是既感激又覺得自己好沒出息，心情十分複雜……但總之，我也贊成從頭構思這個提議。

「美羽，妳有什麼點子嗎？」

「嗯～這個嘛……」

美羽將手抵著下顎沉思後開口。

「你們兩人想出來的計畫，我也已經聽說過了……坦白說，我覺得不適合我媽耶。啊啊不是的，我不是說聽也哥不好喔？以為一般成熟女性設計的約會來說，這個計畫確實很棒……可是，我媽並不是一般的三十多歲女性。」

美羽露出難以形容的微妙表情。

「我是不清楚她過去的戀愛經驗，不過，她至少這十年來都沒有談過戀愛，所以戀愛偏差值和國中生是同個等級。就拿這次來說，她光是受邀約會就整個手足無措，慌亂到不行。所以，就算突然為她安排充滿情調的成熟約會，她大概也只會嚇到退縮吧。」

「原來如此。其實這部分我也挺不放心的。因為我所想的計畫，完全是為『成熟女性』所設計——並不是為『綾子小姐』量身打造。」

聽也露出恍然大悟的表情。

美羽面向我接著說。

「巧哥也是，你就算勉強做了不習慣的事情，也只會散發出『大學生硬要逞強』的尷尬感。應該說，你也的確因為壓力太大而搞壞了身體，對吧？」

「這個嘛……」

好吧，我想我無法否認這一點。

太過期待約會的同時，我也感受到很大的壓力。

必須成為配得上綾子小姐的「成熟男人」——必須安排一場成熟的約會，如此心想的我，拚命地想要逞強。

「所以說，巧哥。」

美羽說道。

她直視著我，口氣莫名有些無精打采。

「普通，普通就好了。」

「普、普通……？」

「沒錯。普通是最好的。」

以輕鬆語氣篤定地說完，她喝了一口焦糖瑪奇朵。

「既然逞強會失敗，那麼以你原本的樣子去一決勝負就好啦。不要試圖做多餘的事情，只要保持普通、保持自然就好。」

「……可是，那樣感覺好像很隨便。」

「我不是要你隨便——而是要你保持普通。巧哥只要照你平常的樣子，正常行事就夠了。」

美羽這麼說。

「確實有道理。」

聰也也表示同意。

「我和巧之前總是想著要配合綾子小姐……但說不定應該反過來才對。既然巧逞強裝成熟無論如何都會給人一種很勉強的感覺……那麼也許反過來，採取將綾子小姐引誘到巧這一方的策略會比較好。」

「引誘到我這一方……？」

「因為在自己的主場作戰，是戰術的基本要訣啊。」

「沒錯、沒錯，聽也哥說的對。再說，『成熟的約會』那種東西對我媽而言也完全是客場。巧哥和媽媽彼此都在客場作戰，這樣對誰都沒有好處。」

連珠炮般地說完之後，美羽吐了口氣又繼續說。

「你不用害怕啦，儘管去做你想到的事情就好。擔心是多餘的——因為這個世界上，沒有別的男人比巧哥你更為媽媽著想。既然是那樣的你自然而然想出來的約會計畫，媽媽不可能不開心的。」

「美羽……」

我感覺到內心徐徐地溫暖起來。

她的建議打動了我——更重要的是。

也許是自我意識過剩吧，不過我可以從美羽的話中隱約感受到她對我的信賴，這讓我是既開心又害羞，渾身好不自在。

「……謝啦。」

「啊～道歉的話就免了。嗯！」

美羽搖搖手之後，朝我伸出手。

「咦？做什麼？」

「諮商費。」

「…………」

「給我這杯焦糖瑪奇朵的錢。還有，我也好想吃蛋糕喔。」

「……妳還真精明啊。」

一邊酸她，我從錢包取出一張千圓紙鈔。

「多謝惠顧～」

美羽眉開眼笑地接過千圓紙鈔後，再次從座位站起來。

俯視坐在位子上的我，接著說。

「我之前也說過……我媽很好追的。巧哥你只要不斷地發動攻勢，應該很輕易就能夠攻陷她。」

「……我說了，妳不要那樣說自己的母親啦。」

「因為你們兩人之間完全沒有阻礙啊。如果有，那也是媽媽她自己製造出來的。問題全都出在……媽媽的內心。」

說到這裡，原本始終掛著輕佻笑意的美羽，臉上忽地蒙上陰影。
她略為低垂的雙眼中，流露出莫名的悲痛。
「……假使這次約會以失敗告終，到時我也會有自己的考量……」
「考量？」
「啊……沒什麼、沒什麼。」
她赫然抬頭，表情慌張地搖手。
「還沒開始就先考慮失敗時的事情，也太觸霉頭了。真的沒什麼啦，你就忘了我剛才說的話吧～」
以打趣的口吻停止對話後，美羽逃也似的前往收銀台。

第六章
樂園與暢遊

♥

距離在不得已的情況下突然延期的約會，至今已過了一星期。

約會的日子又再度到來。

經過事前的多次討論——最後我們決定不特地租車，而是開我的車一起出門。

所以碰面的地點，是我家的停車場。

上午九點五十五分。

我比約定時間早五分鐘踏出家門——正好阿巧也從隔壁的房子走出來。

「早安，綾子小姐。」

「早、早啊，阿巧。」

面對神色有些緊張的他，我回應的音調也略顯尖細。

「……你的身體還好嗎？」

「非常好。這個星期，我每天都有睡滿八小時。」

「啊哈哈……好健康喔。」

儘管對話內容像在開玩笑，感覺卻有些流於表面。

大概是因為雙方都產生了那種意識吧。

彼此都將對方當成男人、女人看待。

我和他的初次約會。

光憑一次的取消，根本無法消除心中的緊張與不安——

「綾子小姐……」

停頓一會後，阿巧開口。

同時定睛注視著我。

「今天這套衣服很適合妳。」

「——！」

「髮型也和平時有些不同，給人一種截然不同、相當新鮮的感覺……我覺得……非常漂亮。」

「……我、我當然也是有約會用的衣服啊。」

因為太害羞了，我不由自主擺出冷淡的態度。但事實上，我身上的衣服確實是為了約會特地新買的。

唔唔，真糟糕。

我怎能為了這點程度的攻擊害羞呢？要是這種刺拳般的攻擊就讓我退縮……今天約會一整天下來會變得如何？

「要、要走了嗎？」

「好的。那麼……不好意思，請讓我借用一下妳的車。」

阿巧微微點頭示意後，繞到駕駛座那一側。

「……你來開真的沒問題嗎？我完全不介意由我來開喔？」

「應該沒問題，因為綾子小姐的車和我母親的是同款。而我有坐過好幾次我母親的車。」

既然他都這麼說了，再繼續顧慮下去恐怕會很失禮。

於是我坐上副駕駛座，阿巧則坐上駕駛座。

「所以……我們今天要去哪裡？」

我詢問正在調整座椅位置和後照鏡的他。

「呃，這個嘛……到時候妳就知道了。」

阿巧用一臉意味深長的表情這麼回答。要不要緊啊？他該不會又想為了我，勉強做些很困難的事情吧……

也許是心中的不安表現在臉上了。

「啊，不過那裡不是什麼奇怪的地方，請妳放心。」

阿巧補充說明。

「那個地方綾子小姐也有去過。」

雖然他本人有點沒自信，不過因為事前練習過，所以阿巧的駕駛技術相當流暢。

技術甚至比我還要好。不僅超車和變換車道都做得很自然，從交流道開上高速公路之後，依舊能不慌不忙地巧妙駕駛。

從開始上路過了約莫一小時。

行經高速公路來到縣外的我們——抵達了目的地。

「這裡是……」

我下了車，不禁啞然。

停車場裡一半以上的車子——都是大型的家庭房車。許多人攜家帶眷，從停車場往入口處走去。

在入口大門的另一頭，可以看見雲霄飛車和摩天輪。

「遊……遊樂園？」

這裡是——位於縣外的遊樂園。

被譽為東北最大規模，各項設施應有盡有的大型主題樂園。

老實說……我難掩驚訝。

阿巧究竟會帶我去哪裡約會？雖然我對這個問題做了各式各樣的妄想，卻從沒想過會是遊樂園。

而且，這裡是——

「今年春天，我們社團在這裡舉辦了迎新會。內容大概是讓新生在遊樂園裡找前輩解謎……總之，就是那種很像是大學生會玩的活動。」

阿巧走下駕駛座，站在我身旁說。

「綾子小姐也——來過這裡對吧？」

「……嗯。不過是很久以前了。」

美羽還在念小學的時候。

我們兩人曾經一起來這座遊樂園玩。

「綾子小姐以前曾經告訴我妳和美羽來這裡玩的事情……還拿了照片給我看，妳記得嗎？妳們那天拍了好多美羽開心嬉戲的照片。」

「然而……」阿巧接著說。

「那裡面卻幾乎沒有綾子小姐的照片。」

「…………」

就某方面而言——那是理所當然的事情。

因為幫美羽拍照的人——是我。

既然是和年幼的女兒兩人一起來遊樂園，做母親的自然會是負責拍照的那一方。我在遊樂園的照片，大概就只有請工作人員幫忙拍的一兩張母女合照吧。

主角從頭到尾都是孩子。

孩子的笑容比什麼都來得重要，把孩子撇在一旁，父母自己當主角玩得很開心是不被允許的。

我並不覺得那樣很痛苦。

只要美羽快樂——只要能夠留下女兒開心的照片，我就覺得心滿意足。

即便相簿裡面沒有我，我也一點都不難過。

但是——

「所以，今天我想在這裡幫綾子小姐拍很多照片。」

阿巧說道。

「像是遊樂園之類的有趣活動，綾子小姐這十年來，一直都是以美羽為最優先考量吧？可是今天……我希望妳不是為了女兒，而是只要想著讓自己玩得開心就好。我希望妳能徹底以自己為中心，盡情地玩遍遊樂園。」

「……！」

一時之間，我無言以對。

阿巧……原來他替我設想了這些。

把女兒擺在第一順位的十年——我絲毫不覺得辛苦。即便多少有辛苦的地方，幸福快樂的回憶也比那些多出百倍。

可是。

若要說沒有不重視自己的感覺，那是騙人的。

若要說不曾克制、忍耐，那也是謊言。

啊啊……這是怎麼回事？

我的內心深處，徐徐湧現出一股暖意。

原來這十年來，阿巧真的時時都在關注著我——此時此刻，我又重新確認了這一點。

「呃……對、對不起。遊樂園……果然太孩子氣了對吧？」

正當我感動到說不出話來，阿巧用不安的語氣這麼問。

「不，不是那樣的……我一點都不討厭……我很高興你這麼替我著想，而且……我本來也就很喜歡來這種地方玩……可是……」

「可是？」

「……現在的我來遊樂園玩，不會很難看嗎……？」

浮現腦海的擔憂事項脫口而出。

「又不是帶小孩子來玩……一個年過三十的大嬸真的可以在遊樂園約會嗎……？」

「什麼啊，原來妳是在意那種事情？」

「女、女人就是會在意很多事嘛！」

「我之前也說過，綾子小姐妳根本不是什麼大嬸。再說，來遊樂園玩和年齡一點關係也沒有。」

「是、是這樣嗎？」

「就是這樣。好了，我們走吧。」

「……好、好的。」

阿巧走在前頭，我則緊隨在後。

我們的初次約會——遊樂園約會就此展開。

一通過入口大門，非日常的氣氛便一口氣增強。

光看就令人感到雀躍的多項遊樂設施，擺滿伴手禮和商品的商店。許許多多的人們面帶笑容，走在洋溢著歡樂氣氛的風景中。

「週末果然有好多人攜家帶眷來玩呢。」

「就是說啊。不過……這裡也有很多情侶喔。」

一如阿巧所言，園內也能見到許多正在約會的情侶。

但是……年輕人果然占了大多數。

那些全是十幾二十歲、青春洋溢的情侶。

三十幾歲的女性則都是帶小孩來，幾乎沒看到有誰是和男朋友單獨來玩。

怎麼辦？

我果然很格格不入吧……？

啊啊，感覺好像在作夢。

完全沒有現實感。

若是把這個狀況告訴去年的自己，我肯定會哈哈大笑、無法相信。

我居然會和阿巧一起在遊樂園約會——

「啊！綾子小姐，妳看那個。」

阿巧對心神不寧的我說。

他所指的地方是——旋轉木馬。

「妳有拍過美羽乘坐那個的照片對不對？」

「是啊。美羽那孩子好像很喜歡旋轉木馬，那天一共坐了三次呢。」

我沉浸在懷念的氣氛中。

「那麼——要坐嗎？」

阿巧一派輕鬆地說出離譜的話來。

「……咦？」

「我們去坐旋轉木馬吧。」

「………不不不，等一下。」

旋轉木馬？我嗎？

三十×歲的我去坐白馬？

「不、不行啦，阿巧。因為……那個有年齡限制！年齡上限……我記得上面有寫三十歲以上的女性請自重……」

「上面才沒有寫那種東西哩。」

「可是……年紀都一大把了還坐旋轉木馬，實在是……」

「這很正常啊。妳瞧，不是有滿多大人也在坐嗎？」

「那、那些大人是陪小孩子坐的吧？我如果是和小孩子一起，就能名正言順地坐了……」

「沒關係啦，不會有人在意的。」

「咦、咦、咦～～……」

在阿巧有些強勢的催促下，我們加入了旋轉木馬的排隊隊伍。

由於人不是很多，很快就輪到我們了。

我們進入柵欄，坐上白馬模型。

因為覺得腳開開的跨坐太粗魯，於是我選擇併攏雙腿側坐上去……等等，這樣會不會有點丟臉，好像我自以為是公主啊？啊～搞不懂。三十多歲的女子究竟該怎麼做才對啊～……！

「唔哇……沒想到還挺高的。」

「還可以嗎，綾子小姐？」

「……可以是可以啦……」

不過，這樣真的好嗎？像我這樣的大嬸，又不是小孩子卻來玩這種遊樂設施，真的可以嗎？周圍的人會不會對我翻白眼？

「妳要抓好，免得危險喔。那麼，我們待會見。」

「嗯……咦？……什麼？等一下啦，阿巧！」

見到阿巧準備留下坐在白馬上的我自行離開，我連忙叫住他。

「你、你要去哪裡？」

「去哪裡？當然是去外面啊。」

「你、你不跟我一起坐嗎？你明明人都在旁邊了。」

「咦？可是，我想從外面拍綾子小姐的照片耶。」

阿巧一副理所當然似的說。

不、不會吧……？

這麼說來，我要——自己一個人坐旋轉木馬嗎？

「拍完照之後，我會在出口那邊等妳。」

「等、等等……我還是下來——」

『——好的，那麼旋轉木馬要開始轉動了。』

我死命的吶喊聲，被工作人員的麥克風聲音所掩蓋。

等、等等啊，阿巧……拜託不要丟我一個人在這種童話般的空間裡~~！

……儘管我在內心放聲尖叫，然而卻已經太遲了。

阿巧頭也不回地跑出去，之後旋轉木馬隨即開始運轉。

活潑歡樂的音樂，轉動的景色，上上下下的白馬。

那些全部——都在逼迫我這個三字頭女子。

童話對我造成了精神上的壓迫！

唔哇啊～

不要啊～

我居然一個人在坐旋轉木馬。明明都年過三十了，還興高采烈地騎著白馬。四周都是親子遊客，我卻是孤單一人……！

即使望向阿巧跟他求助——他卻依舊帶著天真無邪的笑容，舉著手機。

「……天啊！哇，不行……真、真的要拍啊～……？」

儘管我一邊用手遮臉、一邊慌張大喊，聲音卻好像因為音樂太大聲而傳不出去。他一樣舉著手機，朝這邊微微揮手。

啊啊……真是的。

瞧他一副開心的模樣。

我到底有什麼好拍的啊——

「……！」

唔唔，啊～真是……這種心情是怎麼回事？

我居然莫名地開始覺得——害羞的自己很愚蠢。

真的可以嗎？

即使是這樣的我，這樣的年紀。

也可以盡情地享受遊樂園約會嗎？

原本只有羞恥與躊躇的內心，漸漸地被一股暖意所填滿——

回過神時，我已經朝著阿巧擺出姿勢了。

努力堆出來的笑容和勝利手勢。

既然好事的男孩說「想要拍我」，那麼我至少得提供這點服務吧。

絕對不是因為我高興得飄飄然。絕對不是。

在親子遊客的圍繞下，我低調地悄悄走下旋轉木馬，跑向阿巧。

「辛苦妳了。」

「……嗯，真的是。」

好累。累的主要是精神。

「我有成功拍到喔。」

「嗚嗚……你、你真的拍到了啊。」

「是的，我拍成了影片。」

「影片？」

「我起先本來是想拍照片……不過後來想想，既然要拍，拍成影片應該比較好。多虧如此，我將一開始遮住臉的綾子小姐每轉一圈，動作就愈來愈放得開的過程完整拍下來了……」

天、天啊～～！

虧我以為是照片才那麼努力擺姿勢，結果居然是影片……！

現在馬上給我刪掉！我雖然很想這麼大吼……

「真高興見到綾子小姐玩得那麼開心。」

可是，見到他滿臉幸福地重複看著影片，我就一句話也說不出口。奸詐，太奸詐了。見到他那種表情，教人怎麼忍心要他刪掉呢……

「唔唔……真是的！好了阿巧，你不要一直看那種東西，我們快去玩下一樣啦。」

「咦……」

「……你的表情為什麼那麼驚訝？」

「那個……我是在想，綾子小姐突然變得好積極喔。啊，沒有啦，其實我很開心綾子小姐變得興致勃勃。」

「……因、因為一直害羞下去也不是辦法，所以我決定今天要好好地玩個盡興！所以……我們快點去玩下一樣吧。」

「……是！」

我一說完，阿巧便眉開眼笑地點頭。

我們下一個前往的遊樂設施，是雲霄飛車。

「綾子小姐，妳敢坐那種會讓人尖叫的設施嗎？」

「太刺激的我不敢……不過一般的我倒還滿喜歡。其實我以前就很想坐坐看這個遊樂園的尖叫系設施……不過之前來的時候美羽還小，所以……」

「也對，因為有身高限制嘛。」

因為是很受歡迎的遊樂設施，雲霄飛車前排了長長的人龍。排在隊伍中的我們一邊和人群摩肩擦踵，一邊緩緩地前進。

「那個，綾子小姐……」

在喧嘩嘈雜的隊伍中段，阿巧一副下定決心似的開口。

「我可以牽妳的手嗎？」

「咦？」

「萬、萬一走散就不好了。」

他壓抑住害羞的心情，朝我伸手。從他的眼神和聲音，可以清楚知道他究竟鼓起了多大的勇氣。

但是——

「……不、不行啦！」

我反射性地把手縮回來。

理由——其實沒什麼大不了的。

單純就只是因為……事出突然，讓我嚇了一大跳。

我連忙為那種反射性的動作找理由。

「因為……你瞧，四周說不定有人在看……而且就憑隊伍的這種擁擠程度，根本不可能會走散。」

「……說、說的也是，對不起。」

阿巧以顯然十分沮喪的語氣這麼說，把手縮了回去。

咦？

他要放棄嗎……？

……也對，放棄是理所當然的，因為我拒絕他了嘛。可是，我沒想到他會如此乾脆地就把手縮回去。唔……其實只要他再多纏一下，我就會答應跟他牽手了。假如他像之前我夢中的那樣，積極且戰略性地向我進攻——

我斜眼瞄向他。

阿巧……失望地低著頭。

唔哇啊，他一看就知道超沮喪的。也是啦，因為他鼓起勇氣提出要求，我卻狠狠拒絕了他。

唔唔……你不要露出那種表情啦，阿巧……

嗯～啊～真是的！

「——咦？」

下個瞬間，阿巧發出驚呼。

這也難怪了。

因為我，剛才拒絕牽手的我——主動握住了他的手。

「綾子小姐……」

「真、真是的，你一點都不了解女人心耶，阿巧。」

我這麼說。

盡己所能地以上對下的口吻說道：

「不可以只被拒絕一次就輕易放棄啦，得再多發動攻勢才行……因為女人的『不要』，背後偶爾隱藏著肯定的意涵……所以男生必須學會讀懂對方的發言背後真正的意思……」

「…………」

「我、我不是要你不停對我進攻喔！一般論！這純屬一般論！」

……啊～真是的，我到底在說什麼啊？我感覺自己簡直在任性地胡言亂語，感覺自己變成一個麻煩得要死的女人了。

正當我沮喪地深陷自我厭惡的情緒中。

「原來如此，我學到一課了。」

阿巧沒有半句怨言，對我微笑道。

他溫柔地以讓人有些發癢的力道，回握住我的手。

「……阿巧，你太老實了。」

「老實不是件好事嗎？」

「我擔心你會因為太老實而被壞人騙啦。你還記得嗎？以前我們一起去買美羽的耶誕節禮物時，我說『愛之皇．索麗緹雅』的變身道具是『給第一萬名顧客的紀念品』，結果你很老實地相信了──」

「……因為是現在我才說，其實我早就發現了。」

「你早就發現了？」

坐完雲霄飛車之後，我們隨興地到處去玩遊樂設施。

一下坐在半空中飄浮旋轉的設施，一下坐嘩啦一聲掉進水裡的飛車，一下又坐腳踩踏板前進的單軌列車。

午餐則是為了避開人潮擁擠的時段而稍微延遲用餐，在自助餐廳的開放式露台簡單解決。

在遊樂園裡盡情玩樂的過程中──

阿巧一有機會就會替我拍照。

一開始，我實在是難為情到不行——害羞地心想「我這種大嬸有什麼好拍的？」可是被拍了幾次之後，我也就漸漸習慣了。

應該說。

是漸漸地——開心起來。

好開心。

非常開心。

兩人一同玩遍遊樂園的設施，拍好多照片，午餐也是隨便找個地方解決，還衝動買下不經意在路上發現的可麗餅來品嘗。

簡直就像回到十幾二十歲。

簡直就像一對學生情侶——

「不知道為什麼，這種地方的可麗餅總是讓人特別想吃耶。」

「我也這麼覺得。而且明明就知道味道一定很普通，就跟其他地方賣的一樣。」

「沒錯、沒錯。」

我們站在路邊，享用剛才買的可麗餅。

我是草莓口味，阿巧是巧克力香蕉口味。

嗯嗯，可麗餅果然是必吃的經典美食！

「啊！阿巧，你臉上沾到鮮奶油了。」

「咦……真的嗎？」

「反了、反了，是這邊啦。」

我將手伸向他的臉頰。

用手拭去沾在臉上的鮮奶油，然後直接舔乾淨。

「嗯，巧克力口味也好好吃。」

「……！」

阿巧頓時漲紅了臉——

見到他那副表情，我也察覺到自己做了什麼。

「呃，啊……對、對不起，阿巧！我又跟以前一樣做出這麼丟臉的事情……！」

「不、不會，沒關係！我才是動不動就害羞，真對不起！」

我們彼此互相道歉。

啊……我又搞砸了。

用手抹掉臉頰上的鮮奶油來舔——記得阿巧小時候，我也曾經對他做過類似的事情。

雖然覺得這是大人經常會對小孩子做的行為——難道說，情侶之間也都會這麼做嗎……？若真如此，那就沒關係嘍？啊，可是我們又還沒交往，所以……嗯。

帶著飄飄然又不好意思的心情，我倆在園內漫步。

「綾子小姐，妳看那裡。」

來到廣場上，阿巧指著一大群人說道：

「那裡好像正在舉辦幫人拍紀念照的活動耶。」

「是喔。」

「機會難得，要不要請人幫我們拍張照？」

「這個嘛……嗯，那好吧。」

正好我也覺得讓阿巧幫我拍那麼多照片實在很不好意思，既然有這個機會，不如就請人幫忙拍照吧。

我們走近人群準備排隊——這才發現那個活動是為什麼樣的客群所舉辦。

活動內容大致來說，就是拿著工作人員發放的拍照用小道具（拍照道具），以摩天輪為背景拍攝照片。

只不過，那些小道具（拍照道具）多半是……愛心造型。

排隊等候的也幾乎都是情侶。現在正在拍照的也是一對情侶，只見他們兩人黏在一起，卿卿我我地拍著合照。

「……這、這個活動好像是給情侶參加的耶。」

「好像……是耶。」

「怎、怎麼辦？」

看來，還是別參加這種活動比較——不對。

都來到這裡了還拒絕，會讓人覺得我好像很在意似的，這樣反而才丟臉吧？

唔唔……搞不懂。我究竟應該怎麼做？

「應該……沒關係吧？反正上面又沒有寫限定情侶參加……再說，妳看，也有不像情侶的人在排隊啊。」

一如阿巧所言，也有好幾組帶小孩的夫妻混在眾多情侶之中。此外還有像是高中生的幾個男生，手裡拿著心型小道具（拍照道具），「媽呀，我們也太魯了吧！」地嬉鬧著。

看來這個活動似乎可以自由參加，沒有嚴格的限制。

「……嗯，好像沒關係耶。」

既然是這麼輕鬆的活動……不是情侶的我們參加應該也沒問題吧。應該不會發生被要求「請在這裡——拿出你們兩位是情侶的證據」，這種戀愛喜劇的經典情節……！

稍微放下心來的我們加入隊伍。

『好了，辛苦兩位了～』

『下一組客人請到這邊挑選小道具（拍照道具）。男朋友請從這邊，女朋友則從這邊挑選～』

『男朋友請再往這邊靠一點，女朋友留在原地不動就好。』

工作人員們動作俐落地完成拍攝，以團隊合作的方式，猶如生產線作業般地應對接待客人。

隊伍漸漸地前進——

不久，終於輪到我們了。

『好了，那麼請兩位從這邊挑選小道具（拍照道具）。呃……』

原本臉上始終掛著制式笑容的工作人員，僅僅一瞬間露出了困惑的表情。然後——

『姊姊請從這邊，弟弟則從這邊挑選。』

如此說道。

看著我和阿巧這麼說。

「…………」

心感覺瞬間凍結了。

啊啊——

這樣啊，說的也是喔。

因為我和阿巧看起來一點都不像情侶嘛。就算說我的外表有多年輕，看起來也不可能只有二十歲左右。

沒關係。

我沒有生氣，也不覺得沮喪。

只是……稍微體會到了現實而已。簡直就像一對學生情侶——原本暈陶陶地這麼心想的腦袋，稍微冷靜下來了而已。

嗯嗯，這樣反而應該高興才對，光是被當成姊弟就該感到慶幸了。因為要是被誤認為母子……那才真的是大受打擊呢。不過，也有可能其實看起來像母子，只是工作人員為了保險才說是姊弟啦——開玩笑的。

一瞬間，我的腦中浮現各式各樣的思緒，然後下一刻。

冷不防地。

一隻手臂從後方抓住我的肩膀。

就這麼——緊緊地摟著我。

「不管怎麼看！她都是我女朋友吧！」

阿巧這麼說。

將我抱在懷裡，斬釘截鐵地大聲說道。

在被他摟在臂彎中的狀態下聽見的吶喊，清晰地在我的耳膜和胸口迴盪。

『啊……非常對不起，恕我失禮了！』

工作人員連忙低頭致歉。

領取小道具（拍照道具）之後，我們走向拍攝地點——

然而兩人之間的氣氛……真是尷尬到不行。

「……我又不是你女朋友。」

「啊，那是……」

聽見我這麼嘀咕，阿巧支支吾吾起來。

「我一時覺得火大，忍不住就……抱歉擅自說了那種話。」

「我沒有在生氣……只是嚇了一跳。阿巧，沒想到你也有如此大膽的一面耶。」

「這個嘛……因為妳剛才要我多發動攻勢。」

「……真是的，你也不必這麼快就實踐啊。」

啊啊——

不行。

我雖然很努力地擺出大姊姊的姿態，但是完全不行。

一直不由得把臉別開。

無法直視對方的臉。

也不想讓對方看見我這樣的表情。

『好了，那麼要拍嘍！』

抵達拍攝地點後，工作人員將相機朝向我們。

『男朋友再稍微往右一點。女朋友……呃，可以請妳抬頭嗎？』

「……好、好的！」

我竭盡全力，抬頭堆起笑容。

然而卻笑得一點都不自然。

不是面無表情，也不是拍照用的制式微笑。

我只能以染上紅暈的雙頰、濕潤的眼眸，露出感覺幸福洋溢的笑容。

後來——

我們兩人悠哉地在園內漫步、四處逛逛伴手禮店，然後搭上了最後一樣遊樂設施。

說起遊樂園之旅——當然得以這個作為結尾了。

「哇啊，好、好高……」

在摩天輪的車廂裡，我望著外面的景色喃喃地說。

從窗戶向下俯視，可以將整座主題樂園盡收眼底，路上行人則小如黑點。好高，比想像中來得高。高到都讓人覺得有點恐怖了……

「好棒的景色。」

坐在對面的阿巧則和我不同，看起來並沒有對高度心生恐懼。只見他一臉沉穩地，享受著下方的景色。

看著那樣的他，我忽然起了捉弄他的念頭。

我從口袋拿出手機，啪擦地拍了一張他的照片。

「咦……妳、妳做什麼？」

「沒什麼～只是覺得你的表情很不錯，忍不住就拍了一張。」

「我的臉有什麼好拍的？」

「……那句話，我今天不曉得跟你說了多少次。真的是一說再說呢。」

「可是，綾子小姐很值得拍啊！妳長得那麼漂亮，表情又豐富可愛，是會讓人拍起來很開心的素材——」

「～～！夠、夠了，不要再說那種話了！總之，現在是我報仇的時間！你也讓我拍一下！」

我一將手機朝向他，阿巧就害臊地把臉遮起來。

「啥……拜、拜託不要拍啦……既然如此，那我也要繼續拍綾子小姐嘍。」

「不、不可以，現在輪到我了！你不要拿手機對著我——」

我反射性地站起來，想要拿走對方的手機。

那瞬間。

車廂大大地晃動。

「……呀！」

就在我重心不穩、失去平衡的同時，外面的景色恰巧映入眼簾，結果使得恐懼感一口氣上升，身體變得完全使不上力。

「綾子小姐！」

眼見我快要跌倒——阿巧伸出手臂撐住了我。

我就這麼半跌半摔地撲進他懷裡。

他用全身，牢牢緊抱將全身重量施加於他的我。

「……呼、呼，嚇、嚇死我了……」

「妳、妳沒事吧？」

「沒事……謝謝你，阿──」

我邊道謝邊抬頭，這才終於察覺現在的狀態。

好近。

近到讓人不敢相信。

兩人的身體完全緊貼在一起。我不僅將胸部緊緊地壓在他身上，彼此的雙腿也莫名交纏在一起。

然而最靠近的就是──臉。

彼此的臉非常靠近。

感覺唇與唇隨時都要相觸的距離──

「「～～！」」

我們連忙別開臉，拉開距離。儘管在意車廂的晃動，還是盡可能急忙回到原先相對而坐的位置上。

「對不起，我……因為一時情急……」

「不……沒關係。你不用放在心上。」

室內的氣氛一下子變得尷尬。

唉，搞砸了。枉費剛才感覺還滿開心的，我怎麼會冒冒失失地把事情弄成這樣呢……？

之後——沉默持續了一陣子。

車廂緩緩地上升，不久便要抵達頂點。

這時。

「……綾子小姐。」

阿巧開口了。

「今天真的非常謝謝妳。」

「咦……」

「能夠和綾子小姐約會，我真的非常開心。」

「你、你是怎麼了？為什麼突然說這些？」

「我覺得我非說清楚不可，因為我真的……非常高興。像這樣和綾子小姐單獨外出……我長年以來的夢想終於實現了。」

「說什麼夢想……你太誇張了啦。」

我苦笑著說完之後。

「……我也得向你道謝才行。」

又接著說。

「阿巧，謝謝你找我出來約會。我今天玩得非常開心。」

「真的嗎？」

「這不是客套話，我是真的很開心。雖然一開始被帶到遊樂園，讓我有些驚訝……不過，今天真的開心到連我自己都嚇一跳。」

聽到我這麼說，阿巧露出鬆一口氣的安心笑容。

顯然我的一舉手一投足，都在在牽動著他的情緒。

見到他的那種態度，我又再次體會到「這孩子真的很喜歡我耶」，整張臉也不禁微微發熱。

「阿巧，多虧有你，我才能體驗到完美的遊樂園約會。」

「怎麼這麼說……是妳太誇獎了啦，我根本什麼也沒做。」

「不，真的都是托你的福喔。因為要不是你約我……我是絕對不會主動想要來遊樂園的。要怎麼說呢……因為，我覺得自己已經不是那種年紀了。」

禁止、規範自己——儘管沒有到那種地步，然而我確實有類似自我約束的想法。

認為自己必須迴避那些只有十幾二十歲的年輕人才被允許做的、青春洋溢的活動。

到現在的公司任職，收養美羽、成為母親，在驚濤駭浪般的日子中不知不覺邁入三字頭——

我成為了大人。

必須成為大人。

不能永遠當個小孩子。

不能將青春這個方便的語詞當成免死金牌，只做自己想做的事情，隨心所欲地玩樂。

我並不認為那樣的生活方式是錯誤的。

即便人生可以重來好幾次，我想我還是會做出相同的選擇、過相同的人生。

但是——

我從不知道。

原來在我心中還有這種念頭。

原來我心中還殘留著好似眷戀的情感。

真是的……全部都是阿巧害的。

都是這名青年的存在，害我的內心起了波瀾——

「……我可以再約妳嗎？」

阿巧說道。

他直視著我，一臉嚴肅。

「我想和綾子小姐一起去更多地方。」

「…………」

心彷彿著火一般發熱。

我放棄、割捨掉的那些東西——那些連我自己也沒察覺的眷戀和慾望，此時此刻似乎正溫暖地填滿我的心。

不敢直視對方的眼睛，我將視線移向窗外。

因為害怕往下看，於是只能望著天空。

然後。

「……嗯。」

如此冷淡地回答。

光是如此，便已竭盡全力。

心中有太多感受，令我無法言語。

天空好藍，距離黃昏時分還有點早。

我心想，要是太陽快點下山就好了。

因為若是夕陽照耀著車廂，或許就能稍微掩飾我害羞泛紅的雙頰。

總之，就是這樣。

遊樂園約會就在我有些害羞且帶有詩意的牢騷中，圓滿地落幕了——

可是。

之後卻將掀起風波。

我完全沒料到。

在回家的路上，竟然會發生那樣的大事。

想看的人再看吧。「愛之皇」用語解說②

・愛之皇・速度

虎杖千繪。

十四歲，就讀國中二年級。利用「變身機杖喜孜孜雀躍權杖」來變身，是五名主要皇帝之一（只不過，由於主要皇帝之一的愛之皇．凱蒂在第一集變身之後就死亡退場了，因此也很難一概而論地說「主要皇帝有五人」）。

活力十足的野孩子。是一名熱愛大地，也深受大自然喜愛的少女。只要有空，便會在山野間跑來跑去，徒手打倒山豬或熊把牠們帶回來。她的原則是：自己打倒的獵物要自己動手處理，吃到連骨頭也不剩。

她一出生就被老虎撫養——後來才受人保護收容。擁有繼承自母親的獨特自然哲學與生死觀。乍看是一名欠缺思慮、什麼也沒在想的傻氣少女，卻將「弱肉強食」這樣的大自然定律銘刻在心，因此對於在大亂鬥中殺死他人並不感到抗拒。

野生世界裡有著「自己殺死的，就要自己吃乾淨」的規則，而這同時是她所堅守的信條，因此原本愛之皇間的大亂鬥也有著「一定要吃掉自己殺死的對手」這樣的設定。但是儘管「愛之皇．鬼牌」的作風充滿挑戰性，依舊不可能在電視上播放這樣的內容，便沒有公開揭露這個設定。

但是，在後來劇作家自己發行販售的小說版中，可以見到她脫離規範框架的真實面貌。

她的戰鬥方式是屬於憑力量和速度蠻幹的類型，倚靠野生的直覺和本能來作戰。變身機杖中具備了七色的屬性攻擊，以及十三種變形結構，然而她卻始終只會用機杖來「毆打」對手。

如前所述，她是相信殘酷生死觀和大自然定律的野孩子，而她那奔放的舉止和單純易懂的作戰方式，讓她相當受到孩子們的喜愛。

那樣的她，卻在耶誕節過後的那一集退場了。身受瀕死重傷後，領悟到自己命不久矣的她來到山中，將自己的肉體全數奉獻給野生動物，帶著安詳的笑容回歸大地。少女的肉體被熊、山豬、鳥、猴子啃食的悲壯死法，在全國孩子們的心中留下了深深的陰影。

・耶誕節的絕望

網路俗稱，意指「愛之皇．鬼牌」播映時所發生的事件。

主要皇帝之一的「速度」在耶誕節過後那一集中悲壯死去這件事，在網路上引發了評價兩極的激烈爭論，而這起事件後來被稱為「耶誕節的絕望」。一方面也是因為發生在耶誕節購物季結束後沒多久，因此據說引起購買「速度」的玩具當禮物的家長們極大不滿。

儘管無法確定家長們的抱怨聲浪究竟發揮了多大的影響力，然而「速度」確實在最後一集復活了。由於官方在「速度」被賜死之後，公開了為其配音的配音員獲贈花束的殺青照，因此讓沒料到「速度」會復活的觀眾們大吃一驚。

第七章
外宿與情慾

♥

電梯抵達目的地的樓層。

「……應該是那個發光的地方吧。」

阿巧神色緊張地指著閃爍的房間號碼。這裡似乎是以忽明忽滅的燈光，來顯示在入口處選擇的房間。

並肩走在鋪了地毯的走廊上，腳下傳來「咕啾咕啾」令人不舒服的聲音。我們兩人從頭到腳都淋濕了。鞋子裡面當然不用說，就連內衣褲也是徹底濕透的狀態。

進入房內——裡面看起來就是一個很普通的旅館房間。

「哇啊……感覺比想像中來得普通耶。」

「就是啊，沒想到……會是這個樣子。」

「……阿巧，你沒來過嗎？」

「我、我怎麼可能有來過！我才想問綾子小姐，妳難道沒來過嗎？」

「什麼？沒、沒有！我今天也是第一次來！」

一邊生硬地交談，我姑且將行李放在地板上。

然後用房內準備給客人使用的毛巾，擦乾衣服和包包上的水分。

「那麼，綾子小姐。」

阿巧開口。

「請妳先去沖澡。」

「……咦？」

恐怕是因為我發出了怪聲吧？

阿巧急忙補充。

「不、不是的！啊，不對……雖然這麼說也沒錯，但我好像不小心說了某句經典台詞，可是其實我沒有那個意思……我這麼說只是擔心妳會感冒。」

「我、我明白！我才要跟你道歉，是我想歪了！」

慌慌張張地致歉之後。

「……那我就恭敬不如從命，先去洗了。」

我獨自走向浴室。

和普通旅館不同，脫衣間和房間之間沒有隔牆，可以從房間的方向看得一清二楚。

不知如何是好的我，決定姑且穿著衣服進入浴室，在那裡脫掉身上的濕衣服。

「……唉～～」

我深深地嘆息。

明明身體因雨水而發冷，卻唯獨臉燙得不得了。

為什麼？

事情怎麼會變成這樣？

虧我還以為約會已經在美好的氣氛下結束了。

為什麼我們兩人——會單獨來到賓館呢……？

時間稍微往前回溯。

從摩天輪下來之後稍微逛了一下伴手禮店——我們在太陽下山之前就離開了遊樂園。

之後沒有安排行程，預計直接返回各自的家。

以成人的約會來說可能有點太早回家了，不過氣象預報說今天從晚間開始會降下大雨。

因此阿巧說：「還是早點回家比較好」。

理所當然的……沒有發生「如果我說不想回家，妳會怎麼做？」這樣的情節。嗯嗯，不可能、不可能。不可能會發生那種事。

當天來回的約會最棒了！

「綾子小姐，不好意思讓妳開車。」

「沒關係啦。我今天讓阿巧你陪了我一整天，這點小事應該的。」

回程的車內——

我主動提議要開車，想以此作為答謝。

在交流道下了高速公路，駛上一般道路。

再過三十分鐘，這場約會就將結束。

「看樣子，我們能夠在開始下雨之前回到家呢。」

副駕駛座上的阿巧這麼說。

從前座向外望去，烏雲正緩緩地籠罩天空。

「太好了。因為這件衣服我是第一次穿，實在不太想弄濕。」

「喔，原來這是新衣服啊。」

「呃……啊！碰、碰巧啦！我只是碰巧挑了一件還沒穿過的衣服而已！並不是為了今天的約會，幹勁十足地跑去買新衣……」

我急忙解釋——就在這時。

砰的一聲。

某種東西破裂的聲音，在車內悶沉地響起。

同時間，方向盤握起來的感覺也變得有些怪怪的。

「咦……咦？剛、剛才那是什麼聲音……？」

「……我想應該是爆胎了。」

「什麼！怎、怎麼會……咦？現、現在應該怎麼辦？」

「請冷靜一點！」

阿巧以堅定的語氣，對就快陷入恐慌的我說。

「不要緊急煞車，請慢慢地減速停在路旁。雖然說爆胎了，但並不會立刻就發生什麼事……不需要那麼著急。」

「……好、好的。」

多虧他堅定沉穩的語氣，我總算恢復了冷靜。

我將車子停在路旁，下車查看——結果其中一個後輪果然爆胎了。空氣外洩，車體的重量將輪胎壓得扁扁的。

「會不會是……不小心輾到什麼了啊？」

「有可能，因為輪胎破了滿大一個洞……綾子小姐，這個輪胎用多久了？」

阿巧一邊從各個角度查看扁掉的輪胎，一邊這麼問。

「呃，因為我從買來到現在都沒有換過，大概用了五年吧……」

「這麼說來，也許是壽命到了，況且胎紋也已經磨得很淺了。總之無論如何，真是幸好沒有在高速公路上爆胎。綾子小姐，妳有和哪裡簽訂道路救援的契約嗎？」

「啊，有……我買車的時候人家推薦我買，之後就一直沒取消。只是我一次都沒使用過……呃，卡片收到哪裡去了……？」

「會不會和駕照一起收在置物箱裡面？我聽說有很多人都會把東西收在那裡。」

「啊！沒錯、沒錯，我想起來了！我一直都放在那裡！」

和不知所措的我形成對比，阿巧始終以非常沉著的態度，冷靜地做出指示。

我打電話給簽約的道路救援公司——

「——是，我知道了……」

「對方怎麼說？」

「……這附近好像正好有其他人也叫了道路救援……所以沒辦法立刻過來，需要等大約一個鐘頭。」

「這樣啊……」

天色漸漸昏暗，籠罩天空的烏雲也益發濃密。若是等待一個小時，到時這一帶說不定會降下豪雨。

啊啊，為什麼會發生這種事情……難得的快樂約會日，卻在最後一刻遇上這種意外。

「綾子小姐。」

阿巧對沮喪的我說。

「可以讓我來修理輪胎嗎？」

「……咦？」

「不過與其說修理，其實也只是換成備胎罷了。」

「備、備胎……？」

「所謂備胎，就是放在車子後面供緊急狀況使用的輪胎……」

阿巧邊說邊打開車子的後車廂。

然後掀開地毯──那裡有一個神祕的空間。

裡面放了略薄的輪胎和千斤頂等工具。

「太好了。最近有很多車子的標準配備不是備胎而是修理工具組……可是輪胎的破洞滿大的，光憑補胎劑應該是修不好。」

「咦？咦？這是什麼？這裡……可以打開？為什麼這種地方會有輪胎……咦？我沒有把輪胎放進去啊？」

開了好幾年的車忽然出現我所不知道的空間，讓我有些慌了手腳。

「有些車子會在後車廂放置備胎和更換輪胎用的全套工具，作為汽車的標準配備啦。不過嘛……應該有很多人都忘記這回事了。這是我在駕訓班學到的。」

阿巧苦笑著說。

經他這麼一提……我隱約覺得自己好像有在駕訓班學過這件事。

啊啊，不行，我完全想不起來。

因為考到駕照……已經是十多年前的事情了。

「嘿咻。」

阿巧從後車廂的空間取出輪胎和工具，擺在爆胎的輪胎前。

「阿巧……你會修輪胎嗎？」

「嗯，如果只是更換就不成問題。」

「好、好厲害……」

「才不厲害哩。我只不過是把爆胎的輪胎換掉而已。」

「可是……你又沒有自己的車，不是嗎？然而你為什麼會……」

「像是換冬胎之類的，我家從以前開始就都是我在換，不管是我母親還是我父親的車子都是。因為請店家幫忙換，一台車要花兩千日圓，所以乾脆由我來換，還可以順便賺點零用錢。」

啊……對了，好像的確有這麼一回事。

我曾經好幾次在左澤家的停車場，看見阿巧抱著輪胎在作業。

「雖然這是我第一次換備胎……不過我想應該沒問題。畢竟我也事先預習過了。」

「預習？」

「呃……」

我一反問，阿巧頓時露出「糟糕！」的表情，然後開始嘟嘟噥噥地說。

「第一次約會時，我預想了各種意外狀況、做了準備……其中，也有租賃車輛爆胎的情況……」

「你、你連那種事情都預先設想了？」

「……啊哈哈，誰知道最後卻是白忙一場。都是因為我為了各種突發狀況預做準備……才會睡眠不足結果病倒。」

一面自嘲地笑道，阿巧將千斤頂放入車子底下。

「不過，真是幸好最後有稍微派上用場。」

「阿巧……有、有沒有什麼事情我可以幫忙？你儘管開口，我什麼都願意做。」

「謝謝妳。這樣的話，可以請妳用手機的手電筒幫忙打光嗎？因為現在天色有點暗。」

「嗯，我知道了」

我打開手機的手電筒功能，照亮手邊的位置。

阿巧一副熟練地操作工具，抬起車體更換輪胎。作業過程中表情認真的他，看起來非常可靠。

備胎只是供緊急狀況使用的輪胎，並不建議長時間使用。

所以換完輪胎後，我們便開車前往國道旁的車行。

地方都市常有之事。

那就是：交流道附近有很多車行。

進入其中一家請人幫忙查看——結果店家說爆胎的輪胎受損得相當嚴重，只能買新的更換。至於其他輪胎，由於店家也說「差不多該換了」，於是我決定順便將四個輪胎一併換新。

店家表示，輪胎要到明天中午才會換好。

於是我們離開車行，沿著國道旁的道路朝公車站走去。

可惜的是，車行的代步車全都借出去了，我們只能用走的回家。

「明天我會送妳到這家店。如果是明天，我應該可以借用我母親的車。」

「如果可以麻煩你載我一程，那就太好了。謝謝你喔。」

太陽已完全西沉。

國道旁的人行道上充斥著各式店鋪的燈光，我們就在那樣喧鬧的光線中快步前進。

沒辦法悠哉漫步。

因為感覺就快下雨了。

而我們和最近的公車站——還有一段距離。

「對不起，要是我有帶大一點的傘就好了。」

「不，阿巧你沒有錯。我才應該抱歉，居然會忘記帶傘……」

「這也是沒辦法的事啊，因為我們本來預定要早點回去的。」

因為氣象預報說晚上開始才會下雨，所以我就沒有帶傘出門。結果，現在只好和阿巧兩人共撐他帶來的折傘。

雖然是兩人共撐一把傘……卻完全沒有一絲浪漫的氣氛。

我們兩人都很緊張。

倘若雨勢如氣象預報所說的增強，小小一把傘恐怕無法為兩名大人擋雨。

所以，我倆目不斜視地趕往公車站——但是。

「……綾子小姐，妳還好嗎？」

「我、我沒事……好像不能算沒事。抱歉，我……穿了不適合走路的鞋子來……」

「妳可以走慢點，不用那麼急。」

「可、可是，雨已經——」

話才說出口。

嘩啦。

雨勢一下子就變大了。

傾盆大雨重重地敲打著柏油路。

「唔哇……雨、雨好大。」

「雨下大了耶……綾子小姐，總之我們先找個地方避難吧。」

我們在豪雨之中，急忙跑到有屋簷的地方躲雨。

光憑小小的折傘，根本擋不了斜打的大雨。阿巧拚命想把傘往我這邊撐，這份心意讓我非常感動……可是，穿過傘的雨水仍用力地拍打我的身體，彷彿無視他的溫柔一般，無情地打濕我第一次穿的新衣服。

來到貼有醒目的「店面招租」紙條的空店鋪屋簷下時，我們兩人都濕透了。

「呼、呼……雨真的好大喔。沒想到會這麼突然就下起大雨……」

「就是說啊……」

「阿巧，這條手帕給你用。雖然可能用處不大就是了……」

「綾子小姐妳先用，不用管——！」

話才說到一半，阿巧就面紅耳赤地把臉別開。

「怎麼了？」

「那個……綾子小姐，妳的衣服……」

「咦……呀！」

我往下一看——赫然發現上半身變得非常透明。

濕掉的白色衣服貼在皮膚上，裡面的內衣幾乎透了出來。

糟糕。

衣服變透明固然糟糕——可是我現在穿的胸罩更是不妙。因為我今天穿的是……為了那萬分之一、億分之一的機率所準備，一看就覺得幹勁十足的戰鬥內衣——

「唔唔……不、不是的，阿巧！其、其實我平常並不會穿這種黑色內衣……今天真的只是碰巧……」

「呃，那個……總、總之這個給妳披。」

阿巧溫柔地為慌亂的我披上自己的外衣。

「雖然濕掉了，不過應該多少可以遮住一點。」

「謝、謝謝……」

「不過……這下該怎麼辦呢？」

阿巧望向天空。

漆黑的夜空不斷降下滂沱大雨。

「……雨完全沒有要停的樣子耶。」

「氣象預報說，雨好像要下到明天早上才會停。」

「天啊……怎麼辦？全身濕成這樣，也沒辦法搭計程車……唔唔！」

身體急速發冷，讓我不禁發起抖來。濕透的衣服和內衣，似乎正逐漸奪走我的體溫。

「綾子小姐，妳還好嗎？是不是覺得很冷……？」

「不，比起自己，我更擔心你，要是你又感冒就麻煩了。得找個溫暖的地方避難才行……」

我們四處張望——然後幾乎同時注意到了。

發現最適合的場所。

地方都市常有之事。

那就是：交流道附近——有很多愛情賓館。

「「…………」」

一瞬間，氣氛變得詭異。寫著旅館名稱和住宿費用的招牌，釋放出個性十足的螢光粉色光芒，令我倆無言。

我明白。

我的腦袋非常清楚。

以現在的狀況來說——旅館是最適合的避難場所。既可以躲雨，又有淋浴間，衣服也能用吹風機吹乾。需要的話，還可以一路待到明天早上。

沒有比這更好的地點了。

可是……那裡是鼓勵從事特定行為的特殊旅館這一點，大大地擾亂了我的心。

唔唔～為什麼？為什麼？

為什麼那裡偏偏是愛情賓館？

就連普通的旅館，兩個人單獨去都會讓人想歪了……更別說愛情賓館就只會讓人想到那邊去——

「……啊、啊哈哈，再怎麼說，那裡都太不恰當了……對吧？」

由於沉默的氣氛實在太尷尬，我於是笑著試圖化解。

「……我們去吧。」

然而阿巧卻這麼說。

用微微泛紅的臉，表情認真地說道：

「反正也沒別的選擇……拜託妳了。」

「可、可是……」

「拜託妳。我答應妳，我絕對不會亂來……！」

阿巧態度誠懇地說完，向我低頭懇求。

既然他都這樣拜託我了……我也只好點頭答應。

於是。

我們為了躲避豪雨，不得已——真的是不得已，只好來到愛情賓館。

雖然我是聽從阿巧的提議才這麼做——但是我很清楚，他絕對沒有心懷不軌。

他是為我的身體著想才做出這個決定，而我也想避免阿巧二次感冒的事態發生。

我們只是彼此體貼對方，採取了最合理的行動而已。

腦袋中理性的部分非常明白這一點。

可是。

無法講道理的那一部分卻……擾亂思緒，令心臟狂跳。

自從進到旅館之後，我的心跳聲就一直大得惱人。

「讓……讓你久等了。」

我沖好澡，換好衣服走出浴室。

房間裡，他正在用吹風機吹乾我的衣服。他仔細地幫忙吹乾我在浴室脫下後，放在外面的衣服。

「阿巧，謝謝你。接下來我來就好，你快去洗吧。」

「好……不過，衣服還有點濕──」

阿巧轉過身，神情恍惚地愣在原地。

原因大概是──我的裝扮。

旅館裡供客人使用的白色袍子。

因為沒有帶衣服來換，所以只能穿這個。又因為連內衣褲都濕透了，袍子底下是一絲不掛──

「……討、討厭！不要看！不要盯著我看啦，阿巧！」

「唔啊……對、對不起。那個，因為實在太刺激了……」

「～～！有、有什麼辦法嘛！我又沒有其他衣服可以穿！」

啊啊，真受不了……好丟臉。臉感覺都快噴火了。這個狀況雖說是無可奈何，我卻連內衣褲也沒穿，只裹著一件薄薄的袍子站在阿巧面前。

這樣幾乎跟裸體沒兩樣……！

「呃……那我去沖澡了。」

「嗯，我會打電話給美羽。那個，呃……跟她說我們今天回不了家。」

「……麻煩妳了。」

我結結巴巴地說，阿巧也一副彆扭地回應，然後就帶著待會要換穿的袍子進到浴室。

「……唉～」

剩下一人獨處的我，癱倒在沙發上重重嘆息。

「怎、怎麼辦……沒想到我居然要和阿巧一起過夜……！」

而且——地點還偏偏是愛情賓館。

我究竟是哪裡做錯了，才會落入這種荒唐的處境呢？

「沒、沒問題的！反正阿巧說過他絕對不會亂來……嗯，如果是阿巧就值得信賴！沒事、沒事，一定不會有事的……」

因為實在太不安，我一個人在房裡大聲嚷嚷。

「……啊！對了，電話、電話。」

我拿出手機。

電話一撥打出去，美羽很快就接了起來。

為避免遭她誤解，我一個深呼吸後，以冷靜沉著的態度，仔細地向她解釋現在的狀況——當然，唯獨愛情賓館這個部分我避而不提。

「——嗯，抱歉喔，所以今天晚上妳就一個人吃吧。我記得冷凍庫裡有日式炸雞之類的，妳就隨便……——不、不是啦，妳別胡說了！——不是那樣子，我真的是迫於無奈才會這麼做！——我才不會連住好幾天！——不、不不、不是！妳在說什麼啊……？才不是妳說的那樣，這是很普通的旅館！真的是普通的旅館啦！普通到不能再普通了！——名稱？旅館的名稱是，呃……啊啊！我的手機快沒電了，抱歉，掰掰！」

我強行掛斷電話。

呼～總算是敷衍過去了……應該有吧？唔嗯，啊啊我不知道啦，我也不想去想那麼多了。總之，既然我已經告訴她今天回不了家，那就這樣吧。

「呃，接下來……對了，也得把阿巧的衣服吹乾才行。因為阿巧只顧著吹我的衣服，卻把自己的放一邊。」

我拿起吹風機，將阿巧拿到浴室外的衣服，和我吹到一半的衣服一起吹乾。

途中——他從浴室出來了。

身上當然和我一樣穿著袍子。

而且恐怕也一樣沒穿內褲，全身上下只裹了一塊白布——

「……綾子小姐，妳會不會看太久了？」

「～～！沒、沒有，我沒有看！」

被神情羞赧的阿巧這麼一說，我趕緊移開視線。嗚嗚，慘了，我不小心盯著看了。我注視了他領子微敞的胸膛，徹底在意起來了。

在意起彼此近乎裸體的模樣——

「我也來幫忙吹乾。」

「……好、好的。」

明明是兩人一起吹乾衣服，我卻始終無法直視他。阿巧同樣也紅著臉，默不作聲。

啊啊，真糟，這個氣氛真糟糕。

沉悶到讓人……都快頭暈了。

心想著要怎麼改變氣氛，我的目光四處游移——結果發現一樣更令人感到苦悶的東西。

咦？

唔哇……

為、為什麼這裡會有那種東西……？

「怎麼了嗎？」

「啊，呃……我發現了這個。」

困惑的我，拿起盥洗室裡的一個罐子。

那個罐子大概有手掌那麼大——

標籤上寫著大大的「ＬＯＴＩＯＮ」字樣。

「啊、啊哈哈……真不愧是愛情賓館耶。居然若無其事地把潤滑劑擺在這種地方。」

「咦……啊，不是的。」

阿巧一副非常難以啟齒地說。

「我想……那個『ＬＯＴＩＯＮ』指的應該是化妝水。」

「……咦？」

「恐怕不是綾子小姐所想像的那種潤滑劑……」

「…………不會吧？」

好比腦袋遭到鐵鎚痛毆的衝擊。

我急忙再次確認標籤，結果在寫有詳細成分表的背面，發現上面用日文寫了小小的「化妝水」這幾個字。

唔哇啊。

糟、糟了！這下完全搞砸了！我居然做出超級羞恥的誤解！

深感恥辱的我絕望不已。

「……噗噗！」

這時，阿巧卻噗哧笑了出來。

「啊，對不起，我沒有在笑。我真的沒有……呵……呵呵呵！」

「啥……沒、沒有必要笑成那樣吧！」

「對不起……可是，這實在是太有趣了。一般人會搞錯嗎？」

「唔唔……！有、有什麼辦法，我就是搞錯了嘛！」

「就算是愛情賓館，也不會在盥洗室擺那種黏滑的ＬＯＴＩＯＮ啦。」

「這、這可難說！搞不好，世界上真的有某間愛情賓館會在盥洗室擺那種黏滑的ＬＯＴＩＯＮ……」

「說的也是，這也是不無可能……呵呵，啊哈哈哈！」

「唔～你笑得太誇張了啦……！阿巧是大笨蛋……」

阿巧笑到沒力，我則像個孩子般鬧脾氣。

不知是幸抑或不幸。

ＬＯＴＩＯＮ事件之後，氣氛變得比較輕鬆了。

雖然還是有點難為情，不過我們總算可以正常地對話了。

吹乾衣服之後，我們叫了客房服務，一邊吃晚餐，一邊看架設在牆上的大電視打發時間。

……說起愛情賓館，我以前總以為電視上隨時都會播放色情片，結果沒想到居然也能收看一般的節目。

邊看綜藝節目和連續劇邊談笑，讓人差點都要忘了自己身處愛情賓館之中。

可是——

如此祥和的氣氛，沒多久便迎來結束。

「……差不多該睡了。」

到了晚上十一點多，阿巧以略顯緊張的語氣這麼說。

「說的也是……」

我雖然表示同意，話卻到這裡就打住了。

我和他的視線，好幾度瞥向床鋪。

擺放在房間一隅的大型雙人床。

沒錯，這裡是愛情賓館。

理所當然——只有一張床。

這一點，我們在進到這裡之前就知道了。

可是，我們卻一直不去正視這個問題，一再拖延——

「綾子小姐，請妳睡床。」

首先打破尷尬沉默的是對方。

「我睡沙發。」

「咦……那樣不好啦。」

「請不要放在心上。應該說……我不可能讓綾子小姐去睡沙發。要是那麼做，罪惡感會讓我睡不著覺的。」

「可是……」

「拜託妳了。」

之後我們又反覆爭論了好幾次，結果我還是被迫接受他的提議。

各自稍微整理好自己的床鋪之後，我操作枕邊的面板——歷經一番苦戰，才總算將房間的燈光調到最弱。

「那麼，晚安。」

「晚、晚安……」

道完晚安，我們各自就寢。

我躺在寬敞的床上，阿巧躺在狹小的沙發上。

「…………」

理所當然——不可能睡得著。

為了「在愛情賓館過夜」這樣的情境感到緊張當然也是一個原因，不過比起緊張，我更擔心他。

悄悄朝他瞥去。

他彎曲雙腿，一副很擠地躺在狹小的沙發上。只見他不時扭動身體，好像睡得很不舒服似的。

「……你睡不著嗎？」

「啊……對不起，我吵到妳了嗎？」

「沒有，你沒有吵到我……我只是在想，你好像很難入睡的樣子。」

「沒、沒問題的，其實沙發也沒有那麼難睡……再說，就算一個晚上不睡也沒什麼。」

他努力裝出開朗的口氣說道。顯然他是因為顧慮我的心情才這麼做。他的溫柔令人開心，卻也讓人更加心疼。

「……阿巧。」

回過神時，我已經開口了。

「進入旅館之前，你對我這麼說過對吧？說你絕對不會亂來。」

「呃……是、是的。」

「我們只是因為情況緊急才來這裡避難，並不是因為……你心懷不軌，對吧？」

「那、那當然。……」

「……嗯。其實我也非常相信阿巧你沒有心懷不軌。相信你答應絕對不會亂來，是出自真心誠意的。」

「所以……」我接著說。

一面感受速度逐漸加快到讓人不敢置信的心跳，我稍微掀起蓋在身上的棉被。

「一起睡吧。」

後來經過好幾次的爭論，最終阿巧屈服了，我們決定兩人一起睡在雙人床上。

當然，我們沒有像情侶一樣黏在一起睡覺。儘管共享一張床、一條棉被，還是分別睡在床的兩端。

因為床大到足夠兩個人睡，所以身體完全不會接觸到。

可是，但是——

我的心臟卻高聲跳動，絲毫沒有停歇的跡象。

「～～！」

怎麼辦怎麼辦怎麼辦。

睡了，我和阿巧一起睡覺了……！

啊啊，事情怎麼會變成這樣……好吧，是我主動邀請他的。其實我也知道身為主動邀約的人還緊張焦慮是很奇怪的事，但我就是……唔～啊～

當然，我相信阿巧。相信歸相信，可是……男人不是也會有克制不了自己的時候嗎？也會有雖然腦袋知道不可以，卻還是控制不了身體的瞬間嗎？

更何況，我是阿巧的……心儀對象耶？

也就是說，從他的視角來看，他正和自己喜歡的女性同睡在一張床上……在這樣的情境下，男人即使克制不了自己也是沒辦法的事吧……？

況且這一次……完全是我主動邀請他的。

萬一他的下半身失控了……我也沒有權利說什麼。

而且回頭想想——我們現在正處於袍子底下一絲不掛的危險狀態。

以這樣的裝扮邀請男人上床，到時若是出了什麼差錯……我恐怕不會被允許自稱是受害者吧。

即便我們之間發生了什麼——也是無可奈何的事。

呃……我並不是希望他襲擊我喔！

只不過，那個……假使對方的下半身失控了，屆時我有權利拒絕嗎？如果是十幾歲的少女也就罷了，三十多歲的女人主動邀請對方上床，卻在對方撲上來時拿「我其實沒有那個意思」這種話當作藉口，這樣真的行得通嗎？我的內心充滿了這樣的糾結與懊惱……

下半身。

阿巧的下半身……唔哇啊啊！糟了糟了，我想起來了！鮮明地回想起之前去探望他時的事情了！

撐起睡衣的布料，激動地朝天隆起的「雄性」象徵──

嗚嗚……不行不行，不可以去想那種事情……啊啊，畫面沒有消失。一旦產生意識，當時的畫面就揮之不去啊～～！

「綾子小姐……」

「呀、呀噫！」

阿巧突然從背後叫了我的名字，讓腦中滿是猥褻畫面的我忍不住發出怪聲。

「妳、妳怎麼了？」

「不，沒什麼！」

拚命甩掉腦中的畫面後，我努力以冷靜的語調回應。

「阿巧……怎麼了嗎？」

「沒什麼，我只是睡不著。綾子小姐也還醒著嗎？」

「……嗯，清醒得不得了。」

「我想也是。」

「啊哈哈，怎麼可能睡得著嘛……」

迅速朝背後瞄了一眼，阿巧依舊背對著我。於是我也配合他，再次面向另一邊。

我們彼此背對著背交談。

窗外依舊下著雨。但是，應該說真不愧是愛情賓館嗎……隔音措施似乎做得相當好，外頭傳來的雨聲很小。

所以。

即使小聲說話——還是能清楚聽見對方的聲音。

「對了……以前我們也一起睡過覺呢。」

「就是啊。我記得是和美羽一起，我們三人一起睡覺？」

「沒錯，三個人並排睡成川字形……」

雖然具體情況記得不是很清楚，不過我想應該有好幾次。大抵都是阿巧來我家玩，然後當美羽吃完午餐後想睡覺時，我便輕鬆地提議「那我們三人一起睡午覺吧」。

「……以前明明覺得很稀鬆平常，就算和阿巧一起睡覺也不以為意。」

可是——現在不同了。

像這樣睡在一起，變成了讓人害羞得不得了的事情。

「唉……總覺得我最近老是有這種感慨呢。」

我瘋狂在意起從前覺得沒什麼的事情。

不管是「啊～」還是牽手……阿巧小時候自然而然就做得到的事情，現在卻完全無法正常地做到。

阿巧長大了也是一個原因——然而最大的主因。

是因為我得知了他的心意。

是因為我知道他現在，以及過去一直以來是如何看待我的。

「……對不起。」

「咦？你、你怎麼突然這麼說？」

「都是我害的對吧？都是因為我向妳告白了，才讓綾子小姐這麼煩惱。」

「阿巧，這不是你的錯。是我自己去在意那些，把自己搞得很慌張……」

「聰也也跟我說過，『告白是破壞人際關係的炸彈』。實際上……我確實這麼認為。因為我們已經……回不去原本的關係了。」

「…………」

或許是吧。

我們已經回不去了。

回不去以前那種相親相愛的好鄰居關係。

無論今後多麼努力，恐怕還是無法完全恢復原狀。

「……我之前一直覺得很後悔，心想要是我沒有告白就好了。只要我不告白，我們就能永遠維持以往的關係……」

「但是……」阿巧接著說。

在略顯鬱悶的聲調中，注入強烈的意念。

「現在——覺得幸好有告白的念頭更為強烈。」

「咦……」

「因為多虧了告白——我才能夠遇見以往我所不認識的綾子小姐。」

他的語氣感覺是如此地欣喜。

「我的告白，讓綾子小姐感到非常忐忑、困惑……關於這一點，我真的覺得非常抱歉……可是，有一部分的我也覺得『綾子小姐傷腦筋的樣子真可愛』。」

「什麼……你、你真的那麼想？」

「對不起，我確實有那種想法……」

儘管說得好像很內疚，然而他卻沒有否定。

心、心情好複雜……！

傷腦筋的樣子好可愛……這、這是什麼跟什麼啊？

我都不曉得該高興還是生氣了……

「多虧了告白，我才能見到至今不曾見過的綾子小姐的各種面貌——更重要的是，綾子小姐注視我了，稍微把我……當成男人看待了。這一點……讓我非常開心。」

「阿巧……」

自從告白以後，我們的關係大為轉變。

好比投下炸彈一般，驟然丕變。

可是，那樣絕對不是只有壞處——

「其、其實……我也有開心的地方……」

儘管反射性地開口了，語尾的口氣卻漸漸沒自信起來。

「被你告白之後……我思考了很多、煩惱了很多……雖然也有許多辛苦之處——不過，我並沒有『多希望你沒有向我告白』的想法。」

「…………」

「我是個遲鈍的人……直到被告白為止，我從來沒有察覺到你的心意。假使你沒有向我告白……我可能一輩子都不會發現吧。」

我非但沒能察覺阿巧的心意，還試圖促成他和我女兒的戀情。

現在回想起來──我做的事情實在好殘忍。

因為我沒能察覺喜歡我的男人的心意就算了，竟然還想聲援他和其他女孩子的戀情。

「所以……我真的很慶幸阿巧你向我告白了。多虧如此，我才有機會去面對你真實的心情……」

我說道：

「謝謝你，阿巧。謝謝你鼓起勇氣向我告白。」

「綾子小姐……」

「然而……對、對不起，我卻沒能好好地回覆你……都怪我太優柔寡斷了，讓你我處於不上不下的狀態……」

「不會，請不要放在心上。我之前也說過……現在的狀態就已經讓我感到很幸福了，而且我也早就決定要等待妳的答覆。」

「…………」

啊啊，阿巧真是個好孩子啊。

不對。

說他是好孩子太失禮了。

他不是好孩子——是好男人。

而且是一名非常有魅力的男性。

今天的約會，對於爆胎這個意外狀況的應對，以及進到旅館之後的態度……

那些在在都讓人感覺既帥氣又可靠，更重要的是充滿誠意。

我不斷感受到他對我的心意——於是，我漸漸受到他的吸引。

他的一舉一動都讓我移不開視線，無論他在不在我身邊，我滿腦子都只想著他的事情。

「假使……」

我開口。

想。

朝著和他相反的方向，對著虛空喃喃自語似的說。

「假使我還年輕，是不是就能更輕易地做出決定呢？」

這個問題——想了也是徒然。我很清楚這一點，但是，我就是情不自禁會去想。

「如果我的年紀和你一樣……是和你同齡的大學生，也許就不會像現在這樣裹足不前，不會這麼囉哩囉嗦，能夠更輕易地下決定——」

假使我更年輕一些。

假使我還是個孩子。

假使我——沒有美羽。

我想，我現在大概已經在和阿巧交往了。

因為——我沒有理由拒絕。

答應告白後交往，我倆現在或許已成為人人稱羨的幸福情侶也說不定。

可是——現在的我辦不到。

身為大人的阻礙，絆住了我想要踏出去的雙腿。

——把年齡當成裹足不前的理由，這對妳而言還太早了。

雖然狼森小姐曾經這麼說……但我還是沒辦法。

不年輕。

我已經不年輕了啊，狼森小姐。

我已不是可以憑著一股衝勁談戀愛的年紀——更重要的是，我有美羽。我有好重要、好重要的獨生女。

啊啊——

光是像這樣思考「假設性的問題」……我就覺得自己好可恥，更遑論「假使我沒有美羽」這種事情，我根本連想像都不願意。因為那樣好像把美羽當成礙事者一樣……讓我不由得對自己發火。

還是說。

今後這樣的想像會益發增加呢？

隨著我和阿巧的關係愈來愈深，我對美羽——

「唔嗯……究竟會如何呢？」

隔了一會，阿巧這才開口。

回答我獨白似的自嘲。

「假使綾子小姐更年輕一些……我沒有想過這個問題耶。」

「咦？是這樣嗎？」

「如果是反過來，那我倒是經常會想。我常在想，要是我更年長、更成熟一點，是不是就能成為配得上綾子小姐的男人了。但是——我從沒想過若是綾子小姐更年輕一些會如何。」

「因為，……阿巧繼續說。

「我喜歡上的——是身為美羽母親的綾子小姐。」

「……………」

「我是受到收養姊姊夫婦的孩子美羽，對她灌注滿滿的愛、撫養她長大的綾子小姐吸引。所以……假使綾子小姐更年輕一些——假使我們是以同一所大學、同一年級的學生身分相遇……我想，我可能不會喜歡上妳吧。」

「…………」

「啊啊，不是的，我想身為大學生的綾子小姐一定也很有魅力！只不過，呃，該怎麼說才好……」

「…………」

面對慌張失措的阿巧，我什麼話也說不出口。

因為。

我正拚命地強忍淚水。

啊啊——

原來如此，說的也是。

我到底為什麼要為了這種無聊事惴惴不安呢？

現在說喜歡我的男孩——可是左澤巧耶？

是這十年來，比誰都更常陪伴我、支持我的少年。

以及——比誰都更關注我的人。

他並非只是憑著一股突如其來的衝動，對我傾訴愛意。而是在了解我的一切、接納我的一切之後，還高聲大喊「我喜歡妳」。

在短短一瞬間把美羽當成礙事者的我，真的好可恥。

阿巧他——明明完全沒有那種想法。

他沒有把我女兒當成阻礙、當成障礙物，而是將她視為我這個女人的人生一部分。

想要將一切概括接受——

「……呵呵！」

忍住淚水之後，臉上自然而然便浮現出笑意。

「這麼說來，阿巧你果然喜歡熟女嘍？」

「咦？呃，我不是那個意思——」

「呵呵！我開玩笑的啦。」

笑著說完，我緩緩翻身。

在床的另一頭，可以看見他寬闊的背影。

我雖然沒有特別迷戀男人的背部……但是看著看著，卻忍不住怦然心動。

臉開始發燙，腦袋也昏昏沉沉的。

「阿、阿巧，我問你。」

一面感受心臟狂跳到幾乎爆裂，我這麼說。

「你不覺得……有點冷嗎？」

「咦……妳、妳還好嗎？是不是淋到雨讓身體受寒了……我打電話給櫃檯，請他們送毯子來好了——」

「沒、沒有啦！我沒有冷到那種程度！」

急忙阻止他超乎預期的老實舉動，我接著說。

「雖然說冷……其實也只有一點點。我想……大概是空隙造成的吧！是因為我們之間有空隙，棉被移動時冷空氣才會跑進來……所、所以……」

我這麼說。

卻完全不曉得為什麼自己會脫口說出這些話。

「我可以過去你那邊嗎？」

「咦……」

「沒、沒辦法，因為會冷嘛！我想，靠在一起睡覺，彼此都會睡得比較舒服，真的只是因為這樣……完全沒有其他意思……」

「我……我是無所謂啦。」

「……是、是嗎？那就……打擾了。」

我在棉被底下扭動身體，朝他的方向靠近。

儘管心臟感覺隨時都要炸裂，還是一點一點慢慢地——

當然，雖說是靠在一起，我並不會真的緊貼著他的身體。

只是手腳稍微觸碰到的程度。

即便只是這樣的接觸，也能真實感受到對方的體溫——身體因此熱到讓人不敢相信。

「……靠在一起果然比較溫暖耶。」

「嗯……啊，不過阿巧你不可以轉身喔，要一直面向那邊。」

「為什麼……」

「沒有為什麼啦！」

因為——不可以讓他看見。

不能讓他看見我現在的表情。

一個女人……飄飄然到令人感到羞恥的表情──

我悄悄地把手貼在他的背上。

那片寬闊溫暖的背部。

好奇妙的感覺。

明明心臟狂跳不止，心情卻十分平靜。

充滿著安定感的溫暖，包覆了身體與心靈。

我就這樣在不知不覺間，帶著幸福洋溢的心情，緩緩地進入夢鄉。

終章

隔天早上——

「阿巧，你看起來好睏的樣子……你沒睡好嗎？」

「……是啊。結果我整個晚上幾乎都沒睡。」

「這樣啊。果然到了陌生環境就會很難入睡呢。」

「這個嘛……其實幾乎都是綾子小姐害的。」

「……咦？」

「綾子小姐，妳睡相太差了。」

「不、不會吧？我有踢你嗎？」

「不，妳沒有踢我……不過大概是覺得熱吧，妳會踢被子。」

「呃……」

「因為只要離開棉被，底下就剩一件袍子，所以妳的樣子就變得很不得了……」

「咦？咦？」

「所以，我一整個晚上都在忙著幫綾子小姐蓋棉被。」

「居、居然有那種事……等、等一下！你說很不得了……我到底是什麼樣的狀態？我到底出了何種洋相？」

「沒、沒事的。我有設法保持理性，唯獨沒有將妳的模樣拍照保存！」

「那樣不叫做沒事吧？」

在如此歡樂的對話中，我們在愛情賓館的出入口特有的繳費機結完帳，離開房間。

為謹慎起見，我們分別離開旅館，之後才在半路會合，一起搭乘公車。

雨已經完全停了。

回家後，阿巧依約借了朋美小姐的車，送我到車行。

取回換好輪胎的車，返回家中——我才終於有事情告一段落的感覺。

初次約會雖然風波不斷，但總算是迎來了結局。

事情應該是這樣的——

「……欸嘿嘿。」

「媽媽……拜託妳不要自己一個人在那邊笑，很噁心耶。」

那天晚上，我正在廚房準備晚餐，坐在客廳沙發上的美羽以傻眼的口氣對我說。

「咦……我、我有笑嗎？」

「妳有。而且妳自從回來以後就一直是那個樣子……和巧哥約會真有那麼開心？」

「啥……才、才不是哩！妳在胡說什麼啊？我剛才只是忽然想起某件事才笑的，跟阿巧一點關係也沒有……」

我急忙找藉口——實際上卻是滿口謊言。

其實，我真的一直滿腦子都想著阿巧。

昨天……應該說，一想起今天早上為止的約會，我就覺得好幸福、好滿足。

整個人彷彿仍置身夢境，還沒有回歸現實。

那種飄飄然的心情，似乎徹底表現在表情上了。啊啊……嗯。那樣當然噁心了，畢竟我一直一個人在傻笑嘛……

「也是啦，畢竟第一次約會就隔天早上才回來，會高興得飄飄然也是難免的。」

「我、我就說我才沒有飄飄然……」

「媽媽……之後要是有了弟弟或妹妹，可以由我來取名嗎？」

「妳也太心急了吧！我已經解釋過好幾遍了，我們還沒有做那種事——」

「還？」

「～～！不、不是的！妳不要挑我語病！總、總之，我們什麼事都沒發生！」

我拚命澄清自己的清白。

美羽嘻嘻一笑。

「不過，其實妳們也並非毫無進展吧？應該有約好下次要再去約會吧？」

然後這麼問道。

「這……倒是有。」

「喔～這樣啊。那妳們下次要去哪裡？」

「還不知道啦……我想，下次應該還是會由阿巧來安排。」

「嗯？是喔。其實下次可以換媽媽來計畫呀。」

「為、為什麼？那樣很奇怪吧？」

「哪裡奇怪了？」

「因為……」

我回答。

「開口說喜歡的人是對方。」

一說完──我隨即感覺不對勁。

覺得好像哪裡怪怪的。

總覺得──我好像說了非常傲慢的話。

但是……這話倒也沒有錯。

因為，我不可能主動邀約。

要是我那麼做——就等於像是在說我喜歡他，像是在答應他的告白一樣。更重要的是，主動邀約這種事……太令人難為情了，我不可能那麼做。

所以，讓對方開口邀約才正常——奇怪？

那樣才是正常的嗎？

我可以將其視為正常的事情嗎？

忽然間，狼森小姐的話掠過腦海。

——歌枕，妳什麼都不必煩惱。傷腦筋是對方的工作，妳只要穩穩地坐等對方來接送就行了。

——戀愛的主導權隨時都掌握在妳手中。

——若是換個角度思考，這可是最快活的狀況喔。什麼話都不用說，對方就會主動展開猛烈攻勢，至於要交往與否全由自己決定。

——這種將年輕男子對自己獻上的青澀情意，放在自己股掌間翻轉玩弄般的情境，就某方面而言，可是許多女性夢寐以求的呢。

我否定了那番話。

我無法做出那麼不老實的行為。

我不想逃避，想要正面面對他。

我之前明明——如此堅決地否定她的話。

然而如今，我是怎麼了？

因為約會太開心了，我整個人高興到快要飛上天，滿心雀躍地想著「下次約會，他會帶我去哪裡呢？」期待他對我發動攻勢。

到頭來，這和狼森小姐口中「玩弄年輕男子的青澀情意」那樣的行為，有什麼兩樣——

好奇怪。怎麼會呢？

我明明只是想接受他所有的心意。

「唔嗯～是喔。」

打從心底感到無趣的說話聲，在陷入沉思的我耳畔響起。

「要怎麼說……原來到頭來——約會失敗了啊。」

美羽一臉失望，甚至是絕望地說。

失敗？

哪裡——失敗了？

我們的約會明明就成功得不得了。

「哎哎～算了。放棄、放棄，還是放棄好了。」

不顧腦筋一片混亂的我，美羽自顧自地以無所謂的口吻嘟噥。

接著從沙發上站起身，朝我走來。

以平穩的步調，緩緩地朝我走近。

「媽媽，我決定不再聲援妳們兩人了。」

美羽說道。

以清澈的雙眼，直視著我。

「巧哥就由我來和他交往。」

起初，我還不明白自己聽到了什麼。

腦袋無法接受傳入耳裡的話。

但是，就好比逐漸地滲透一般，腦袋慢慢理解了其中的含意。

那道彷彿連內心深處也要看穿的目光，不允許我逃避現實──

「誰教妳老是囉囉嗦嗦、拖拖拉拉的呢。巧哥的純情，對媽媽這樣的大嬸而言太沉重了，對吧？既然如此……那就算啦，妳不用再勉強了。既然媽媽不要──那就由我來收下他。我會讓巧哥幸福的。」

「……妳、妳到底，在說什麼……？」

話說得結結巴巴。

美羽一步又一步地向我逼近。

蘊含著堅定意志的目光，帶著挑釁意味的歪斜嘴角。

這是第一次。

這是我這十年來，第一次見到美羽這種表情。

在我眼前的，是我所不認識的女兒。

「啊，對了，媽媽妳之前不是老是說，希望我和巧哥交往嗎？還說妳的夢想是見到我和巧哥結婚。」

「…………」

「真是太好了呢，妳的夢想要成真了。」

美羽笑道。

開朗且愉悅的笑容。

「吶，媽媽。」

走近到我眼前之後，美羽說了。

像在挑釁、試探、打量一般。

又好比要窺視我內心最深處似的。

「妳會替我加油的，對吧？」

面對女兒發出的聲明——不對。

是她所發出的宣戰宣言。

我——

後記

我在還只有十幾歲的學生時代，總覺得二十幾歲的人已經夠成熟了，說起三字頭，那更是大人中的大人。對世間和社會之事無所不知，沒有迷惘也沒有擔憂，從容不迫地走在人生道路上。若以電玩遊戲來比喻，「因為已經把大魔王和隱藏魔王都打倒了，接下來能做的就只剩下把等級升到最高了吧？」這便是我對三字頭的想像。可是，等到自己邁入了三字頭……才發現完全不是那麼一回事。迷惘和失敗接踵而來，人生過得不如想像中那麼如意。沒能打倒大魔王和隱藏魔王，唯獨經驗值和等級不斷提升，有時卻也會發生「奇怪？等級反而下降了？」的情況。人生到了三十幾歲，還是完全無法破關。可是換個角度想——從超級正面的角度來想，也可以說人不管到了幾歲，都還是能夠過得非常充實呢。「青春不是人生的某個時期，而是一種心態」。只要維持好自己的心態，人無論到了幾歲都能夠享受青春。不過嘛……世上最難掌控的東西有時正是自己的心態，因此人生才會無法盡如己意。

大家好，我是望公太。

與三字頭媽媽之間的純愛愛情喜劇，第二彈。第一集中畏縮的媽媽，到了第二集終於稍微敢往前邁進，兩人因此放閃放個不停。雖然終章的情節讓人有些擔心，不過我在第一集後記中提到的作品方針：「不開後宮的一對一戀愛喜劇」並非虛言。至於今後歌枕母女將如何發展……還請各位繼續收看第三集。

在此，有個唐突的消息要告訴大家，那就是本作決定要漫畫化了！連載媒體是以Young Animal等聞名的白泉社所開發的漫畫ＡＰＰ「Manga Park」。而且驚人的是……我在第一集的發售日就收到了連載漫畫的邀約，真是太感謝了！後續消息會隨時公布在電擊文庫或我的推特上。

以下是感謝的話。責任編輯的宮崎大人，這次也受您照顧了。我本來心想絕對會趕不上四月刊（註：此指日本出版時間），結果在您數次的催促……更正，是您一再地加油喊話下，總算是趕上了。ぎうにう老師，非常感謝您這次也畫了好棒的插圖。其實每幅畫都很完美，不過其中封面格外迷人，洋溢著一種無法言喻的情色……更正，是迷人魅力。

最後，我要向閱讀本書的各位讀者致上最深的謝意。

那麼，有緣的話，我們就在第三集相見吧。

神童勇者的女僕都是漂亮大姊姊!? 1~4 待續

作者：望公太　插畫：ぴょん吉

值得記念的第一屆
「挑選主人的服飾大賽」開始嘍！

　　席恩偶然獲得未知的聖劍，宅邸內卻因牌局和Ａ書騷動，依舊鬧得不可開交。在女僕們「挑選最適合席恩的服飾大賽」結束後，一行人出發調查某個溫泉，並受託解決溫泉觀光地化面臨的問題，沒想到那裡竟是強悍魔獸的住處……令人會心一笑的第四彈！

各 **NT$200/HK$67**

聲優廣播的幕前幕後 1 待續

Kadokawa Fantastic Novels

作者：二月公　插畫：さばみぞれ

台前好姊妹，幕後吵翻天……
拿出職業聲優的骨氣騙過全世界吧！

碰巧就讀同一間高中的聲優搭檔——夕暮夕陽與歌種夜澄將教室裡的氛圍原封不動地呈現給聽眾的溫馨廣播節目開播！然而兩位主持人的真面目跟她們偶像聲優的形象恰好相反，是最合不來的辣妹與陰沉低調妹……？

NT$250/HK$83

刮掉鬍子的我與撿到的女高中生 1~4 待續

Kadokawa Fantastic Novels

作者：しめさば　插畫：足立いまる　角色原案：ぶーた

上班族 × JK，兩人的同居生活邁入倒數計時!?
日本系列銷售突破70,0000冊！

沙優的哥哥一颯突然來訪，兩人的同居生活突然面臨結束。回家期限在即，沙優緩緩道出自己的往事，關於學校，關於朋友，關於家庭。沙優為何會離家出走，而來到這麼遙遠的城市呢？這段日子跟吉田住在一起，她所獲得的又是什麼？事態急轉的第四集！

各 **NT$220~250/HK$73~83**

刮掉鬍子的我與撿到的女高中生 Each Stories

Kadokawa Fantastic Novels

作者：しめさば　插畫：ぶーた

「沙優，話說妳果然很會做菜耶。」
「啊，是……是嗎？」

　　從荷包蛋的吃法，吉田和沙優窺見了彼此不認識的一面；要跟意中人去看電影，三島打扮起來也特別有勁；神田忽然邀吉田到遊樂園約會……這是蹺家ＪＫ與上班族吉田的溫馨生活，以及圍繞在兩人身邊的「她們」各於日常中寫下的一頁。

NT$220/HK$73

戰翼的希格德莉法 Rusalka (上)(下)

Kadokawa Fantastic Novels

作者：長月達平　插畫：藤真拓哉

「——讓我聽聽，妳的一切。」
飛舞於死地的少女們交織成的空戰奇幻故事，開幕！

人類的生存受到不明的敵性存在威脅，最後希望乃是被神選上的少女「女武神」，包含才色兼備卻不知變通的軍人露莎卡。她在歐洲的最前線基地遇上開朗得不合常理卻擁有強大戰力的少女。和她相遇不僅影響露莎卡的命運，也影響了人類未來的走向……

各 **NT$240/HK$80**

國家圖書館出版品預行編目資料

你喜歡的不是女兒而是我!?/望公太作 ; 曹茹蘋譯.
-- 初版. -- 臺北市 : 臺灣角川股份有限公司,
2021.04-
冊 ; 公分
譯自 : 娘じゃなくて私が好きなの!?
ISBN 978-986-524-363-0(第1冊 : 平裝). --
ISBN 978-986-524-949-6(第2冊 : 平裝)

861.57 110002186

Kadokawa
Fantastic
Novels

你喜歡的不是女兒而是我(媽媽)!? 2

（原著名：娘じゃなくて私が好きなの!? 2）

2021年11月29日　初版第1刷發行

作　者：望公太
插　畫：ぎうにう
譯　者：曹茹蘋

發行人：岩崎剛人
總編輯：蔡佩芬
編　輯：邱瓈萱
美術設計：黃永漢
印　務：李明修（主任）、張加恩（主任）、張凱棋

發行所：台灣角川股份有限公司
地　址：104台北市中山區松江路223號3樓
電　話：（02）2515-3000
傳　真：（02）2515-0033
網　址：www.kadokawa.com.tw
劃撥帳戶：台灣角川股份有限公司
劃撥帳號：19487412
法律顧問：有澤法律事務所
製　版：尚騰印刷事業有限公司
ISBN：978-986-524-949-6